慢读与快感

短篇小说十三讲

刁斗 —— 著

上海文艺出版社

想象一种语言就意味着想象一种生活方式。

——维特根斯坦

目录

1   **开门见标题**
        ——契诃夫的《一个官员的死》

17   **掐头去尾的是与非**
        ——莫泊桑的《我的茹尔叔》

33   **为甚喜新　因何厌旧**
        ——霍桑的《地球上的大燔祭》

49   **悲剧其表　喜剧其里**
        ——卡夫卡的《饥饿艺术家》

65   **顾左右而言他**
        ——芥川龙之介的《罗生门》

83   **写什么和怎么写**
        ——博尔赫斯的《死人》

99   **"长篇插曲"：节外生枝偏婀娜**
        ——贡布罗维奇的《孩子气十足的菲利贝尔特》

115   **如何判真假　怎样辨虚实**
        ——莫拉维亚的《梦游症患者》

129	**"长篇拼图":珠散玉碎却斑斓**
	——克里玛的《一个感伤的故事》
145	**凸显在舞台中央的配角**
	——罗萨的《河的第三条岸》
161	**"好看"元素背后的东西**
	——哈齐斯的《伊莎贝拉·摩纳尔之死》
177	**真白痴还是假傻瓜**
	——安徒生的《皇帝的新装》
193	**应有尽有的现实**
	——余华的《十八岁出门远行》

开门见标题

契诃夫的《一个官员的死》

一晃，我与安东·契诃夫已经暌违三十年了，而今重逢，这位正好长我一百岁的俄国作家送我的两样见面礼物，是让我措手不及的三分尴尬与七分豁然：第一，我叨咕了半辈子的"契ke夫"，稍加品咂，才意识到，那是应该读"契he夫"的，而此前，我居然一直在念白字；这可真是奇了怪了，一向知道"唐吉诃德"读"唐吉he德"的我，为什么从来没质疑过"契ke夫"呢？难道，我最初接触的契"诃"夫，被写成了契"科"夫吗？或者，那最早帮契诃夫落户在我记忆中的人，诸如爸爸妈妈、某位老师、某位参与了启蒙我文学意识的叔叔阿姨，喜欢张嘴闭嘴"契ke夫"吗？——顺便说一句，虽说是译名，代号而已，我也主张，应该尽量统一在约定俗成的大旗之下，像已经如雷贯耳的法国作家司汤达再被译作斯丹达尔，不论理由多么充分，也怎么叨咕都透着别扭。第二，马上要与诸位重温的这篇小说，自中学时代起，我就一直以《小公务员之死》称呼它，可几天之前，翻看我那套购于一九八六年的《契诃夫小说选》时，在一片惯性的麻木之中，我的眼睛却蓦然一亮，原来，译者汝龙为它选择的标题，竟是我更愿意接受的《一个官

开门见标题　　　　　　　　　　　　　　　　　　　3

员的死》;而以前,因为光随波逐流在中学语文课本人云亦云了,便下意识地轻慢了汝龙。

我没想号召大家迷信汝龙,虽然,他的确是位优秀的译者;我更想以我的方式做验证的,是我眼睛因他而发亮时,我认同《一个官员的死》这一标题的直觉是否靠谱。于是,为了准备这次讲座,我首先做的两项功课,便都与小说的标题有关:一是设法找来一册前些年的初中语文课本用以比较,二是给一个精通俄语的朋友挂去电话,请教那个单词的具体意思。与我的猜测完全一样:课文里的《小公务员之死》,连标点符号都脱胎自《一个官员的死》;而它标题里那个核心主词,也只有"官员"的意思,没有"大""小"的区别。

我自己能猜出的还有,收入学生课本里文章的知识产权,尤其是译文的知识产权,注定是不会受保护的,所以,以"小公务员"替代"官员",这是否出自汝龙生前的某种考虑,大概很难探究清楚。但要把与之相关的另一个问题探究清楚,我则以为没什么难度,即,那些有资格为学生遴选课文并为课文改拟标题的人,为什么要避开直译的"官员",而要通过意译的"小公务员"来自作聪明地"画龙点睛"?以便从标题开始,就把这篇小说限定成一个可怜复可气、可悲复可笑的小人物的故事。

小人物?是的,任何事情,只要一归纳概括划线分类,八九不离十的结论就好下了。小人物的特点嘛——可是,且慢,对所谓"小人物",谁有资格做裁决呢?判定的标准又为何呢?如果同一个人,就比如那个"四人帮"里最年轻的王洪文吧,在上海国棉十七厂当保卫干部时,肯定是个一点都不比他的亿万同胞中绝大多数人更有分量的芝麻绿豆"小人物",

但眨眼之间,"黄纸除书降野堂"(陆游语),一下子,他便成了个三五人之下七八亿人之上的副皇帝级的"大人物",那么,对他来说,哪里是他那个"大"与"小"的转捩点呢?还比如一个乡长,平素再耀武扬威,再前呼后拥,在市长面前也如纸屑般轻飘;可那市长,纵然平素能呼风唤雨,能独霸一方,设若面对国家首脑,那他的分量,敢说就会重于草芥吗?显然,只需借助最简明的官场秩序图参照一下,那些"大""小"之辨也就不值得深究了,连经常胡搅蛮缠的相对主义,都不得不把严谨的一面袒露出来。

官场秩序建构的参与者,泛指由政府任命的、寄生在各种公共权力体系中的公职人员。他们的官阶职位有高有低,分担的责任也有大有小,作为蠕动在精密的分层制度大机器里只能臣服于命运翻牌的等级动物,私心里,肯定也有贵贱的分别,有尊卑比较;但理论上,不论从谱系的意义上说,还是从种属的角度去看,也不论卜里兹查洛夫那种"大"将军,还是伊凡·德密特里奇·切尔维亚科夫这类"小"庶务官,他们强势者的本质又一般无二:作为国家这架战车上的刀枪剑戟与齿轮螺钉,他们相同的工具效能,决定了他们之间肯定也存在着的那种大小的差异,必然地要远远小于他们与他们那些可能身为商人、工匠、艺术家然而没条件染指公共权力的兄弟姐妹之间的差异。想想"民不与官斗"这句甘拜下风之后自我解嘲的醒世俗语吧,在任何一个连表面上的官民平等都不存在的社会里,它那种无从动摇的有效性,不正是凡官必横凡僚皆蛮的最好证明吗?它的意思可并不包括"卑微"的主任科员就要比"尊贵"的主任缺少因拥有权力而生成的傲慢。所以,提及卜里兹查洛夫与切尔维亚科夫时，如若不想故意以价值的判断去夸耀或者贬损他们体制化的人格，那么，把小说标题中的核心主词译作"官员""文官""公务员"，似乎都能说得过去。可现在，那个注定关键的核心主词，在某些译文里，被某个可能是更可能不是汝龙的人给偷梁换柱为"小公务员"了，这就使得这篇小说的题旨，很微妙地发生了巨大的变化，其意趣，也即刻缩减和寡淡了：哦，它讲的呀，只是一个敏感并且愚蠢的小人物因恐惧权力而被吓死的故事。

对这篇小说标题的两个译法，如果只做孤立的比较，"小公务员"的灵动活泛，明显要好于"官员"的呆板，这是感情色彩胜过照本宣科的上佳佐证。可一篇小说，多数情况下，标题又是内容的组成部分，对于主题，它常常有着明指暗喻等呈示功能，若因为作者命名或译者赐名而题文相左了，而题文失和了，而标题丧失了强化或深化内文的功能，那就难免会如同吃饭的时候嚼到了砂子，甚至嚼到了蟑螂。我觉得，此时就是这样，若以"小公务员"点"官员"之卯，就等于吃饭时，嚼到了米粒之外的东西。

在这篇小说里，对于切尔维亚科夫这个小公务员，尽管契诃夫着力刻画了他的窝囊、猥琐、低贱，以及有点变态的迂腐和不可救药的奴性，但就冲标题，作者既语含戏谑又一本正经地以"官员"对他公事公办，便足以见得，这篇小说追求的更是复杂多义。加之，在情绪表达时，对于切尔维亚科夫这个地位卑微者，作者虽然有挖苦揶揄，会不加掩饰地"哀其不幸怒其不争"（鲁迅语），但却没有半点厌恶或轻蔑的主观故意，这也使得这篇小说那种讽喻的锋芒所指向的，便不仅仅是某一个人、某一种人、某一类人，而是所有人都可能具备的个性、行为、意识。如此一来，在这个关于官员死亡的故事的背后，那块生成了那些个性行为意识的土壤，才能在光天化日之下暴露出来，而对于主人公的迂腐与奴性，读者也才能不光感到可怜可悲可气可笑，更可以生出理解与同情，尤其是，更可以对主人公赖以生存的那片土壤做出反思和批判：一种权力体系，能让它的维护者都噤若寒蝉，都畏如虎狼，那么，被它所钳制摆布的无权无势之人与贫寒弱小之辈，其境遇又会怎么样呢？

在契诃夫时代，亦即俄罗斯农奴制的尾声时代，其实也包括任何人治的即特权的时代，一个社会上真正的小人物，永远只能是脸朝黄土背朝天的体力劳动者，甚或，也是衣食无虞的生意人手艺人及其间或帮忙与帮闲的"知道分子"，却唯独不可能是有资格为政府代行权力的公职人员，即使，那公职人员的地位，比纸屑和草芥还不足挂齿。近几年，中国领导人在惩治腐败时，有个"老虎苍蝇一块打"的说法，于是，我们不光看到了诸多位高权重的有条件惊世骇俗地放肆贪占的"老虎"，也见识了好些似乎只配帮狗吃食的"苍蝇"，他们同样有机会无孔不入地恣意搜刮。这足以说明的是，"苍蝇"之小，只能针对"老虎"之大而言，因为这种比较法，终归是权力体系高墙深宅内部自家的事；一旦面对广大无权无势贫寒弱小的黎庶草民，那么"苍蝇"，完全可以大于"老虎"。

显然，若满足于只以"小"公务员的视野欣赏契诃夫，他的鼎鼎大名便仿佛受之有愧。有句也许不足为训的题外话我不想私藏，就我的阅读感受而言，契诃夫这个律己严苛个性隐忍的、从学生时代起即长期负担整个家庭生计的、四十四岁便死于肺病的、有着执业医生资格的勤勉的写作者，在他的小说与戏剧中所体现出来的态度与情怀，一直是宽厚慈悲的而非冷酷刻薄的。

当然了，我一点也没有那样的意思，即一个作家对他笔下的人或者事，包容怜惜就是仁义，冷嘲热讽就不地道。我的意见一直都是，一篇小说的好与不好，不在于作家包容怜惜了还是冷嘲热讽了，而在于，在作家包容怜惜或冷嘲热讽的语词后面，小说中的人或者事，能为读者的认知增多点什么扩大点什么。

好了，现在，我们可以结束这个冗长的题解进入小说了。

其实，远在进入小说之前，面对标题的开门见山，我们就已心中有数，这是一个关于死亡的悲剧故事。从人性的角度讲，不会有人怀疑死亡是悲剧，即使死的是反动沙皇或残暴地主，悲的成分也大于其他情绪，在此，望文生义不算毛病。但《一个官员的死》这一悲剧的序曲，却洋溢着一种喜乐的调子，充满世俗化的亲切之感：切尔维亚科夫这个"挺好"的公务人员，虽然官职低微却也很"幸福"，不光能悠闲地在某个"挺好"的傍晚去剧院享受精神生活，还有资格坐在"正厅第二排"这样一个仅比文职将军卜里兹查洛夫靠后一排的好位置上，并且，尽管他不合时宜地打了个后来导致他死亡的喷嚏，但当那喷嚏与死亡的距离，注定比从农奴社会到公民社会更遥远时，他甚至还有闲情逸致以"一点也不慌"的派头表演礼貌。

有经验的读者当然知道，这个喜乐的开端只是幌子，它的意义，不过是烘托后边的悲怆，而以此等手段制造反差，一个平庸的作家也想得到和做得到，它并不能证明契诃夫如何高级与高明。可契诃夫,一向人人都赞他高级高明,那他究竟高在哪呢?

好吧,为了解决这一疑虑,请随我回头重看小说的开头部分,看看切尔维亚科夫尚未把喷嚏打出来时,在叙述的间隙,契诃夫是怎样虽属顺手牵羊,却又恰到好处地通过一句信口的感慨,提前把一个宽阔的释义空间开辟了出来,再预留给这篇小说那个可信度不高的死亡结局,并且,在这个释义空间里,他又是怎样既把写实的技法又将隐喻的手段,都井然有序地摆布妥当的:

生活里充满多少意外的事啊!

这句间离效果显著的感慨,乍听上去,只是按部就班的叙述的推进结果,甚至,在某些评论者眼里,它简直就是触犯作文禁忌的蛇足。可恰恰是它,能于含而不露中笔锋一转,以歉意和狡黠引领着读者,悄然步入了另一重天地:要在这么短小的篇幅里讲一个根基不牢的死亡故事,肯定会让各位感到唐突,那我就提前道一声对不起吧;不过,如果你对"意外"有足够的理解乃至认同,那么,也完全可以把这个似乎夸大其词的故事当寓言看……

与我们以后的讲座中将会遇到的莫泊桑一样,契诃夫小说的特点也是写实:替普通人画像,为寻常事留痕;可创作《一个官员的死》的契诃夫,却貌似不经意地,把寓言的种子播进了写实的园地,这又是怎么一回事呢?

先声明一下,我在这里指称的"寓言",以及契诃夫为小说所创设的寓言氛围，既无涉庄周或伊索所擅长的文体，也无关界定说明重在劝诫讽喻的那一类故事，某种意义上，与它更为取向一致的，倒是那些勾描非普通人和涂鸦反寻常事的小说，虽然，它既没像卡夫卡的小说那样，以"躺在床上变成了一只巨大的甲虫"（《变形记》）的耸人听闻来发动情节，也没像霍桑的小说那样，以"他可能会成为，事实上也已经成为世界的弃儿"（《韦克菲尔德》）的乖评谬议来讨论人物……可说心里话，即使偶尔地、暂时地、带有玩笑性质地把契诃夫与莫泊桑分成两伙，我也感到像棒打了鸳鸯，而让契诃夫去与以后我们同样能在讲座中打上交道的卡夫卡和霍桑结成队友，我则更是底气不足——幸好，很快，我们便看到，正因为有寓言的种子萌芽在了写实的园地，《一个官员的死》才能顺风顺水地、稳扎稳打地、仅以寥寥三千汉字，就在非传奇的意义上，把一个传奇故事讲圆融了：

  他信步走到家里，没有脱掉制服，往长沙发上一躺，就此……死了。

本来，这个不无荒诞色彩的喷嚏事故，在任何情况下，在任何人那里，都注定只是一件理当转瞬即忘的微末小事：事故的制造者切尔维亚科夫向事故的"受害者"卜里兹查洛夫赔个礼道声歉，这事也就可以画句号了。

  "看在上帝面上，原谅我。我本来……我不是故意要这样的！"

而且果然，卜里兹查洛夫也大人大量，对切尔维亚科夫那一望而知纯属无意识的失礼行为"已经忘了"，连最初表现出来的一点点不满也旋即收回了。就是嘛，一个权势者再缺少约束，再霸道蛮横，再不可一世，也犯不上沾包就赖地拿这种鸡毛蒜皮的小事做文章呀。可是，对卜里兹查洛夫的人品质量与心理活动，切尔维亚科夫却无从把握，他没法知道，拥有官大一级压死人"优势"的将军大人，是否是那种喜欢滥施淫威的领导干部，他们为了宣泄心中可能存在着的邪恶与怨毒，不惜无限放大"鸡毛蒜皮"。于是，深知游弋在笼子外边的权力多么可怕何等骇人的切尔维亚科夫便"不再觉得幸福了"，"开始惶惶不安，定不下心来"，只好听任本能替他选择自救的对策：他渴望通过哀兵战术，力挽想象中向他倾压而来的权力的狂澜。

"我把唾沫星子喷在您身上了，大人……请您原谅……我本来……出于无意……"

"要是您记得的话，大人，昨天在阿尔卡琪娅，"庶务员开口讲起来，"我打了个喷嚏……不小心喷了您……请原……"

"大人！要是我斗胆搅扰了大人，那只是出于一种可以说是悔恨的感觉……那不是故意做出来的，请您务必相信才好！"

"昨天我来打扰大人，"等到将军抬起询问的眼睛望着他时，他就喃喃地说，"……我原是来赔罪的，因为我打喷嚏时喷了您一身唾沫星子……"

然而事与愿违，在他连续几天絮絮叨叨磨磨叽叽的赔礼道歉声中，铺展开来的，却是他那憋憋屈屈窝窝囊囊的死亡之旅。

可"就此……死了"？这种赴死的节奏，是不是过于仓促而太不从容呢？如果这四个字中间的省略号出自我手，是我对引文精炼的结果，那么，某些习惯于评书快板大鼓词的读者，或许还可以接受这个结尾。依从一般写实风格的叙事逻辑，那些被省略号替代的内容里，肯定有对主人公死因的适当介绍，即使做不到巨细靡遗，至少也能笼而统之：切尔维亚科夫的死因是抑郁症或心脏病或精神分裂或癌细胞扩散……而诱发了它们的，正是恐惧。可是，对于那些恰好也方便借题发挥的各种疾病，执业医生契诃夫却毫无耐心，他几乎是敷衍和草率地，就把那个意味深长的省略号写了下来，一如打发喷嚏那样，打发掉了他精细观察过又认真刻画过的核心人物切尔维亚科夫。但为什么呢？只是过了眨眼的工夫，他就变得不耐烦了。而在小说结尾的"打发"之前，他所做的写实努力，可一直表现为字字有来言句句接去语呀，比如，对切尔维亚科夫那种隐藏在小聪明小狡黠后边的小势利眼，在如此有限的篇幅里，他就至少涉猎两次：因为卜里兹查洛夫只是其他部门的权势人物，切尔维亚科夫便一直希望，自己能有勇气把他不当回事。当然了，也正是对切尔维亚科夫势利眼的两度涉猎，才格外强化了读者的联想机制：一个其他部门的领导都能让人魂飞魄散，若得罪了本部门的顶头上司……于是，类似这种"势利眼"与"省略号"的详略比对和前后照应，使得切尔维亚科夫赴死的节奏是从容好还是仓促好，立刻就变得不重要了，重要的只是，《一个官员的死》的写实面目趋向了暧昧，而暧昧，不宜替评书快板大鼓词修饰容颜，却正合适为寓言点染姿色。

万事万物各有法门，所以，我从不觉得煞有介事地比较小说中写实手法与寓言修辞的长短高低有什么意义，或者说，我也不认为可以对它们进行比较。我们应该在怎样的尺度下，对照海南的三角梅与东北的君子兰呢？但是，尽量从不同的角度接受它们，以不同的标准理解它们，用不同的眼光欣赏它们，倒是我一向所鼓吹的，因为只有如此，在小说的游戏场上，踢足球时才不至于像打篮球那样以手拍球，而打篮球时，也才不会像玩橄榄球那样抱球狂奔。同样，还是只有如此，我们也才能幡然悟到，《一个官员的死》所讲述的，实在不是一个敏感并且愚蠢的小人物因恐惧权力而被吓死的故事，而完全就是关于权力本身的故事，虽然，对权力，它未置一字的评断臧否。有一个无比浅显的道理人人都懂，即，如果权力指向正义，它上可以救民于水火，下可以让千头万绪都井井有条；但如果权力脱离了正义，哪怕只是程序上脱离了正义，它也必然会把制造与传播恐惧作为己任，能轻而易举地就让"大"如卜里兹查洛夫者也被吓成"小"切尔维亚科夫，且不论其敏感性怎样愚蠢度如何。

不好意思，我就是个敏感并且愚蠢的人，其愚蠢的主要标志，就是直到将近三十岁时，才开始关注自由问题，尽管，可能还在小学时代，我就背熟了裴多菲那首著名的小诗"生命诚可贵，爱情价更高。若为自由故，二者皆可抛"，以及马克思恩格斯联手创作的经典金句："每个人的自由发展是一切人的自由发展的条件"。随着我对自由的关注，曾经的美国总统罗斯福归纳出来的四大自由，让我越是体验多感受深，就越加为之神往心仪。在那四项中，"言论出版""信仰""免于饥饿"这三项，我都一朝听闻便坚信不疑，但对"免于恐惧"也有资格跻身"四大"，在领教之初，有好久好久，我是颇为不以为然的。我的想法是，胆小鬼遇了事才恐惧呢，反抗者惹了人才恐惧呢，可我，既心理健康又与世无争，是个无是非没麻烦还不太敢介意当奴隶挨欺负的绵羊型良民，怎么可能平白无故地，就让恐惧欺凌到、羞辱到、伤害到呢……当然了，感受性的东西不必展开多说，反正，后来，对于恐惧，我的质疑不光彻底没了，还尤其会把那些无缘无故的、无形无状的、无边无际的恐惧视为自由的死敌。

切尔维亚科夫的命丧恐惧，寓言出来的启示其实并不新鲜，它只是在恐惧的大框架下再度提醒我们：恐惧本身已骇人听闻，倘若再由权力生成豢养，那它定然是世间的恐惧之王。

顺便说一句，契诃夫死后，他多年里随手记下的写作备忘，那些长短不一的发现与想象，经他妻子整理，以《契诃夫手记》之名获得了出版。那汉译过来十多万字的"手记"五花八门，陆续诞生于一八九二年之后，也就是说，即使其中最早的一条，也晚于《一个官员的死》九年才流出笔端。可不知为什么，这些与切尔维亚科夫或卜里兹查洛夫不可能有半毛钱关系的"手记"中的如下两条，却让我一眼望去，便固执地认定，它们是专门给《一个官员的死》配备的注脚。

在戏院里，有一个绅士因为坐在前面的太太戴着的帽子妨碍了他，就请她把帽子脱下来。他说怪话，发脾气，恳求。最后他暴露出自己的身份来："太太，我就是这个戏的作者。"她的回答是："我管不着。"

俄罗斯是个官国。

汝龙译《一个官员的死》 人民文学出版社
1960 年 1 月版《契诃夫小说选》（上册）

掐头去尾的是与非

莫泊桑的《我的茹尔叔》

我四五岁开蒙，六七岁读书，八九岁就把兴趣集中到或薄或厚的成人小说而非儿童读物上了，且越读越喜欢，越读越有感觉，越读越坚信好的小说就是百科全书，就是人性的全部，就是世界的一切，我尽可以放心地和亲密地把它选择为终生的伴侣一世的朋友。这样，一晃，五十年的光阴就被我读过去了。但恕我愚鲁，尽管从我眼睛里和脑袋中水一样漫过的小说不计其数，我却始终没能总结出来，什么小说能给人"正能量"，怎么读小说能让人"高大上"——也是我从来都弄不明白，"正能量"与"高大上"都指的什么。我读小说的所谓经验，唯三条忌讳，分享给各位，或许不至于误人子弟：一忌提炼中心思想，二忌找寻教育意义，三忌对号真人真事。如此说来，在我这里，读小说便只是感觉的行云流水，而非理智的算计筹措。

我不知道大家想过没有，长期以来，在中国，那种侧重内在感受而淡化外在情节的小说，为什么一直受众有限。是的，中国人口多，但喜欢读书的人却少得可怜，而在低比例的读书爱好者中，热衷于文学阅读的更为数寥寥，进而，在那个肯把时间花给文学阅读的群体中，对被冠名为新潮、先锋的那类小说有嗜好多偏爱的人，又更加的凤毛麟角，以至，连许多年轻气盛时曾发下宏愿，为了多关注精神世界而不惜少有读者的文本创新者、叙事探险者，都转而为识时务的俊杰，急流勇退了，改弦更张了，一点都不尴尬地，编织起了多数时候只能在感官层面引发"上帝"流连唏嘘的"好看"故事。我无意断言，对性灵生活用情更多的现代小说已不再尊崇更受世相生活滋养的传统故事，我只想讨论，在我们所置身的世界愈益现代化的大背景下，我们小说的"现代色彩"，何以却越来越单调、稀薄、黯淡、陈旧。

我不知道别人有什么高见，在我看来，这是因为，当我们的文学表达必须以"载道""言志"为正朔主流时，我们的文学接受便只能把"政治正确"奉为第一标准，当作金科玉律，并且，由于性灵的缥缈难以一言以蔽之，欲窥其堂奥更需要绞尽脑汁，而对世相的临摹复制，却特别容易非此即彼地发言表态做总结，既适宜凑热闹者的追随，又方便看热闹者的点评，于是，多数情况下只愿意设置表面冲突解决因果矛盾的写实主义红红火火，多数情况下总喜欢不知所云地模糊意识又错乱情绪的现代主义冷冷清清，也就没什么不正常了。

据说，当年白居易写出诗来，常常要吟给井边汲水的妇女，只有阿婆阿嫂们听明白了，他才敢于自信那是好诗。对此我不反对还坚决支持，可我更支持的，是许多文学作品，连皓首穷经的阿爷阿哥们都只能一知半解，却同样可以被称之为好。比如，一方面，我强烈喜欢越读障碍越少的白居易的《琵琶行》与《长恨歌》，而另一方面，对我越读障碍越多的里尔克的《杜伊诺哀歌》与《致奥尔弗斯的十四行诗》，我的喜欢同样强烈，甚至随着岁月的流逝还更加强烈。这矛盾吗？说明一下，懒惰是人的主要根性，而思想之懒，肯定又甚于身体之惰，在从事阅读之类的智力活动时，人云亦云者从来都比自省自悟者多。再说明一下，我在上边提到的那个需要"正确"的"政治"，不关乎对权力的分配以及行使，与意识形态更没关系，它指的，只是那类理当有诚意但通常遭敷衍的技术策略，就好比，在好莱坞的警匪片里，必须有形象正面的黑人警察，而我们的官场任命干部，至少在某些时期某些部门，得以"少女无知"为经典标配。

题外话似乎有点多了，但这并非我心中无数的信口开河，要给我十岁左右即结识了的法国小说大家居伊·德·莫泊桑和他的《我的茹尔叔》暖场子，我不能不如履薄冰地，自曝一下自己的欣赏趣味——

说到这里，有敏感的朋友可能看出来了，对那种前承评书连播后启电视剧集的写实主义小说，我多多少少地心存偏见。这我承认。在我看来，与越来越花样翻新的现代主义风格的创作相比，写实路数所生成的产品，多半少歧义好辨识易参悟，阅读的难度相对低微，带给我的快感不够强烈——它们太适合被某些评论者当成社会学样本做解读了，这没法不成为我前边提到的"阅读三忌"里，需要警惕的"忌"的对象。可谁都知道，莫泊桑正是典型性最强标准度最高的写实大家，论追求之执拗，论品味之纯正，比之于擅长以煌煌长篇观照社会的写实巨擘巴尔扎克或托尔斯泰不遑多让，所以，尽管他的美学花园也姹紫嫣红，可对我这类更喜欢枯草朽木的审美者来说，过其门而不入倒是更好的选择。可是，我为什么还要把一节宝贵的课时交给他呢？我想，理由之一，只能是他短篇的影响实在太大，特别是《羊脂球》，作为没法绕行的巍峨高峰，我不与大家分享它也就罢了，还对它的主人不闻不问，那可实在说不过去。并且，作为生长在"样板戏"时代，只能以"三突出""高大全"为创作标尺的候补"臭老九"，当我犹疑踟蹰茫然无助时，看到莫泊桑能那般勇敢和独特地，毅然将其他小说巨匠笔下那些指点江山叱咤风云的传奇男女超凡人物还原成与你我他和我们的父亲母亲兄弟姐妹并无二致的农民、铁匠、船工、乞丐、妓女、流浪汉、穷公务员、修椅垫的女人、俗不可耐的小资产者等芸芸众生时，身为芸芸众生之一员，并且也只画得出芸芸众生之面目的我，便没法不从他的启蒙中，找到一些起死回生的重大意义。

如果昨日的小说家是选择和描述生活的巨变、灵魂和感情的激烈状态，今天的小说家则是描写处于常态的感情、灵魂和理智的发展。

是的，这样的见地很有分量，能说服我坦然地从"传奇男女超凡人物"中抽身出来。不过，在群星璀璨的十九世纪法国文坛，面对小说画廊中恢宏广阔的前人创造，莫泊桑的更大价值，则是帮助我超越了社会学历史学思考，理直气壮地关心起了文学和美学。这在今天来讲不算特别，可在我少年时代那种思想和情感必须输诚假大空的蒙昧环境下，不论其忠告何等浅白，都最是让我茅塞顿开的肯綮之点：

小心翼翼地避免一切复杂的解释和一切关于动机的议论，而限于使人物和事件在我们眼前通过……

深入到对象的精神和心灵深处，理解其未暴露出来的本质，理解其行为的动机……

"发展"，"通过"，"动机"……谈写作时，莫泊桑使用的许多关键词虽然通俗朴素到近于简陋的程度，但对于任何写作者来说，尤其是刚刚试笔的实践者，那种具体而微的指导与点拨，有着无论如何都没法漠视的圭臬意义。

当然了，我说的这些，不论多么能证明我与大家分享莫泊桑的理由之一正当合理，也不表明，我劳动我的启蒙老师大驾来此就理所应该。毕竟，现在，如莫泊桑一般的"圭臬"人物及其艺术理念，在我心中已太多太多，我向大家推荐他们，必须要有综合的考量。其实，若依我现在文学兴趣的焦点所在，并且仅就法语而言，我倒特别想从年长莫泊桑一百六十一岁的启蒙思想家孟德斯鸠的另类小说《波斯人信札》中，撷取一则设置话题。所以，我仍然坚持着请莫泊桑来听我唠嗦，实在是因为还有理由之二理由之三。不过，那理由之二三，皆出于他我之间的私谊隐情，我一时还没想好，如何公示才比较妥当。那么，此刻，我们就还是先把《我的茹尔叔》摆到面前再去计较其他吧。

不可否认，这篇一百三十多年前问世的小说，远不像《羊脂球》那样，什么时候捧读都无懈可击；它除了雕刻细部时不露痕迹，流露感伤时自然质朴，其他的优长，不是很多。它倒也没什么特别的不好,但故事庸常,技法普通,这使它即使有什么好,也不太能突显出来夺人眼球:这么说吧,就它现有的样貌水准,时下比较活跃的中国小说家里,十之八九都能达到。这篇小说,以一个极尽简约的引子起首:叙述人"我"的大学同学约瑟甫给"我"解释,为什么,施舍乞丐时,他会表现得过分大方。约瑟甫说,在他少年时,他家人都以为,他那去美洲淘金的叔叔茹尔发了大财,在他们的想象中,阔绰而又仁慈的茹尔叔叔是帮助穷困的他们有尊严地生活下去的精神支柱。可有一天,很偶然地,约瑟甫和爸妈发现,一个迹近乞丐的小商贩正是茹尔叔叔。爸妈立刻躲了起来,约瑟甫则不顾自家生计的艰窘,把一笔高额的小费给了茹尔叔叔,虽然,他还想违抗爸妈的命令去贸然认亲,但终究没敢……

　　好了,有这么几句简略的介绍,那些习惯于中国式阅读的读者,脑子里的定评断语就能形成了:它"讽刺了虚荣心和拜金主义","暴露了人际关系的疏远情形",揭示了"世态炎凉人情冷暖"背景下希望的破灭/血缘的脆弱/势利眼的丑陋/童稚儿的善良不被保护……看看,这一串也可以为无数篇小说确定"中心思想""教育意义"的稔词熟句,几乎以按下葫芦起来瓢的方式,就对我"阅读三忌"中的前两忌做出了印证——至于"对号真人真事"那一忌,说起来,在一般的小说里不太好遇,我将它也列入"三忌",理由似乎不很充分。其实不然。不过此时遗憾的是,《我的茹尔叔》不能现身说法,对这一问题,我只能以后再抽空讨论。但在这里,我想先把王朔和老霞在《美人赠我蒙汗药》的对谈里,提到《红楼梦》时有过的一个形象化说法转述出来,请大家透过它的辛辣做进一步估量:有许多读者，特别热衷于为小说人物和小说本事找原型贴标签，"恨不得连书中的一口唾沫，都要硬看出微言大义"。那么，"钻研唾沫"有何危害呢？在我看来，当故事被简化和框定成只剩下辨识和指认意义的具体事实后，小说那种超越性的普遍真实，势必受到消解漠视，如此一来，社会学历史学便会跳出来跑马占地，而文学美学只能拱手出让大好河山，稗官野史，自然也就无从成长为精神的秘史了。

上一讲，我们掂量契诃夫的《一个官员的死》时，我是以它的两个译文标题为抓手的，我认为，用"小公务员之死"为题是伤害它，会导致它的意趣"缩减和寡淡"。也真是巧了，这一讲，同样有个双译题的问题需要面对。

我读的莫泊桑，译者多为一百年前的留法学生李青崖，可我知道，随着寒暑更迭春秋交替，市面上也流行别人的译本，像《我的叔叔于勒》这一题名，就也是《我的茹尔叔》的又一个叫法。但在我看来，这一回的双译名问题，与上一回相比性质不同，因为衔级与名号所包含的信息，再貌似一样，也终究还是两码事情。所以，"小公务员"取代"官员"属大是大非，"于勒"顶替"茹尔"则是小事一桩，甚至根本就算不上事，尽管，在汉语里，"茹"是吃，"尔"是你，"吃你"适合望文生义地滋生联想。一般来讲，除非出于特殊设计，小说中人物名字的叫此或叫彼，对小说不会有什么影响，即使像《红楼梦》里那些充满隐词暗语的人物命名，我也不认为，把它们与别的艺术符号做一下调换——比如与《水浒传》做对调吧，将贾政易名宋江，把薛宝钗叫成潘金莲——就一定有什么不妥之处。我坚持以旧译《我的茹尔叔》称呼今天将要讨论的作品，只是因为，

掐头去尾的是与非

它出自最早介绍我走向莫泊桑的李青崖先生。不过，如果只为表白这个，对莫著李译即使感情再深，关于这篇小说的译名问题，我也更应该忽略不计；现在我偏要硬生生地把它摆上台面，其实是因为我另有话说。和《一个官员的死》一样，也是中学课本，刺激到了我不平想鸣的那根神经。我没找到收有这篇小说的中学课本，但互联网上，它的中学课本版随处可见，于是，在"我的叔叔于勒"这一译名的庇护之下，我愤懑地看到，又有不知怎样的人，又是没做任何解释，就以掐头去尾的方式，从"于勒"即"茹尔"身上，把一百零八个汉字删除了下去。

一个白胡子的老头儿向我们要求布施。我的同学约瑟甫·达勿朗诗给了他一个值五个金法郎的银币。我吃惊了。他向我说了这样一件故事：

从此我就永远没有重新见过我父亲的兄弟了！
这就是你会看见我有时候拿出一元值得一百铜子儿的银币施给流浪者的理由。

上述引文，前边五十六字是被掐掉的头，后边五十二字是被去除的尾，应该承认，在这篇总计大约六千五百汉字的小说里，这出师未捷的一百零八个汉字，所占的比重不能算大。所以，我估计，对于这桩"于勒"PK"茹尔"的公案，在座的各位中，是不大有人会留意的，即使留意了，很可能也会觉得我的不平则鸣是小题大做，甚至觉得，正因为"茹尔"头尾那由

莫泊桑的《我的茹尔叔》

一百零八个汉字搭建起来的引子与尾声被剪去了，轻装上阵的"于勒"才更精悍凝练，或者，即使不认为小说的情节因此而集中了紧凑了是件好事，那至少，也不认为如此这般的掐头去尾算什么坏事——哦，倘若有人与我这样交流，我大概会做出如下判断：他大概是个挺有经验的文学编辑，但写作小说的训练肯定不多，恐怕都没有。

请别误会我使用这样的推演句式。虽然我学写小说年头很久，一晃都不止四十年了，但其间心智最活跃的二十年里，我的主业正是文学编辑，也就是说，编辑与写作，是织就我手掌上那条事业纹痕的经线和纬线，它们同为我的专业，我对它们同等敬重，我不可能为了高估后者而贬低前者。以上边的句式行文我只为强调，身份不同，角色相异，其立场与追求的小径分岔或大相径庭便都很正常。当然了，文学圈小说界，也与任何一个行当都没区别，其中相当一部分所谓专业人士，只不过是混迹其间的充数滥竽，所以，我言及编辑或写作时，是要用"经验"与"训练"做限制的，并不是说，叫个"专家""权威""成功人士"就值得信赖。投身文学需要才华，而通过长期并且严格的训练所积累的经验，是确保才华之花怒放的肥沃土壤。关于莫泊桑，就有他在其老师福楼拜指导下苦练技能的励志故事广泛流传，讲座之后，有对此感兴趣的朋友不妨找来看看，没准有助于你理解小说以及写作。但在这里，我就不向大家供应这碗美味鸡汤了，我只与大家讨论"于勒"精简"茹尔"的这桩公案。

首先，我要以小说写作者的身份表达愤懑。我是依据李青崖的"茹尔"版，把"于勒"版有意丢失的字数数出来的，如果"于勒"版也全须全尾地保留了小说的引子与尾声，我不拒绝接受其他统计，允许那些现在受到肢解的汉字为八十八个、九十八个、一百一十八个……我的意思是，我没认为一百零八的具体字数有什么重要，重要的只是，它作为我选取的象征物，代表了肢解者谋杀小说的这一行为——对一件已然社会化的艺术品，时过境迁后，别说作者之外的其他人，即使作者本人，做不属于疗治"硬伤"的修订也是僭越，而像现在这样对待《我的茹尔叔》，斩草除根般地把它的一段情节、一层意思、一种结构模式、一套叙事手法完全取消，就绝对算得上"一级谋杀"了。

每个写作者，不论伟大若莫泊桑，还是渺小如刁斗，只要引领与校正他们的"经验"广度和"训练"强度都能达到及格线以上，一般来讲，对自己要表达什么和如何表达，以及基本上实现了怎样的表达效果，得出的判断都能大体靠谱；另外，还要清楚，由于世间没有完美，更多的时候，短长共生，坏好相伴，丑美齐现，也是不依人的意志为转移的。在这样的前提之下，假设一个写作者的表达有了破绽，甚至瑕疵比较明显，可他却好像视而不见，那么，我以为，很可能，这其实是他某些隐晦情感与私密欲望的外化与折射，所流露的，多半是下意识中的玄想与执念——在这点上，我特别想代表四百多年前的西班牙同行塞万提斯，感谢一下《堂吉诃德》的汉译者杨绛。

塞万提斯是个性急的家伙，只顾信马由缰地往前赶稿子，很少一步三回头地通盘修缮他的作品，结果字里行间，便留下了一些行文中的硬伤刺目碍眼。翻译家杨绛也是作家，她定然明白，信马由缰也好，一步三回头也好，那都是创作个体精神活动的组成部分，而由于这"部分"属于本能，是真实的情感真正的趣味的培养基繁殖场，所以，在欣赏一件艺术品的长、好、美时，也理解有时候它的确无法回避或者不屑于回避或者顾不上回避的短、坏、丑，这才叫以严肃的态度尊重艺术。也许就出于这样的理由，对《堂吉诃德》的错讹之处，杨绛才只是在书页下端添加说明注释，而没在正文里校正更改，哪怕仅仅是一处最易于救治的人名或数字。对于塞万提斯的短、坏、丑，对于他的草率马虎或者叫不负责任，我们尽可以生气以及愤怒，甚至像"最严谨的冷嘲家"（达文波尔特语）纳博科夫一样，谩骂《堂吉诃德》是一本"残酷而且粗糙的老书"；但我们就是无权滥用我们的"细致"与"责任心"，为一件定型的产品去充当编辑。

哦，说到编辑了。

实话实说吧，当我作为编辑举手发言时，我那小说家的不平之气，却已然化作了心平气和。换一个身份研判"于勒""茹尔"的这桩公案，不难发现，被掐头去尾的于勒版比之于全须全尾的茹尔版，所发生的变异非常之小：同样以回忆作为视角，茹尔版包含了约瑟甫成人之后的点滴信息，于勒版对成人后的约瑟甫未加置评。我不否认，引子与尾声的存在，能为这个比较单薄的短篇增加一重叙事的维度，强化一些真实的感觉，但它更大的功用，则是传递作者扶困济难的仁心善意，使小说长出一条光明的尾巴。我以为，"真实感"固然可取，"光明的尾巴"却是败笔，两者相较得不偿失。所以，如果一八八三年，我在《高卢人报》任小说编辑，我会强烈建议莫泊桑对那引子与尾声做出删节，甚至招呼都不打，就霸道地把那拖了小说后腿的一百零八个汉字一笔勾销。如此,在艺术表达上,可以使整篇作品更集中紧凑,而在思想表达上,由于不必再涉及成年约瑟甫的是否善良仁义,反倒能更好地,保留住小说所携带的拷问人性的那种力量——但请注意,我这个对人性不如莫泊桑乐观的责任编辑,如果真有机会与他合作,只能是在他作品问世以前,面对手稿与他脖子粗脸红;而事后的诸葛,我是不会做的,对一件完成品,如若没有特殊理由,锦上添花也是谋杀。

其实,如果我真有机会生杀予夺这篇小说,我更可能建议的是,应利用小说现有的架构模式,让成年约瑟甫一改少年时代的善良仁义,而变成他爸妈那种悭吝势利的卑微之人。可惜这是不可能的。可能的是,我曾在莫泊桑发表《我的茹尔叔》那样的年龄,写出了后来发表于一九九五年第三期《大家》杂志上的短篇小说《猜想乔依娜》,通过呼应约瑟甫一家对茹尔的猜想,来向我热爱的前辈表达敬意——对了,这就是我一定要请莫泊桑做客我讲座的理由之二;而理由之三……既然说到这了,我也索性一吐为快吧,对莫著李译的长篇《俊友》,当年读大学新闻系时我就感情特殊,倒不仅仅在于,那里边做新闻记者的主人公给过我的职业带入感特别新鲜特别强烈,几乎醍醐灌顶地,帮我开始了对政治生活与爱情生活中阴暗一面的思考批判;而更在于,某一天,那部小说,更准确地说,是那部小说中一个重要的细节,有点匪夷所思地,促成了我与一段校园罗曼司的邂逅相遇。

不好意思,我说这些,不是为了炫耀或者缅怀一段逝去的隐私,而是想通过它,回忆我最初以审视的目光打量现实主义写作原则的那个契机，是怎样近乎神奇地从天而降的——

其实，我上一句话尚未出口，就已经猜到，肯定有人对我把审视写作原则与校园罗曼司附会到一起视为牵强。但没办法，虽然我没想对弗洛伊德主义与文学之关系过分解读，可作为一个生理体验与心理感受互动密切的人，我的确是在陷身于实用性与理想化高度统一的校园罗曼司的第一时间，就情不自禁地，把它与我少年时代即奉若神明的文学写作原则"两结合"，并置到一起做了比较。比较的结果令我骇惧，在离经叛道的法国新小说派提醒我巴尔扎克托尔斯泰也可以质疑的几年之前，居然是安分守己的莫泊桑，率先诱导出了我对与他同一阵营的巴尔扎克托尔斯泰质疑的企图——当然了，那企图，更指向对号称继承了这个阵营衣钵的各种真假传人的大刨根与总起底。于是，我不得不得出的结论便是，校园罗曼司，这件以时间空间围限的相对严格和政治经济负担的几乎阙如作为特点的青春期事件，非常有理由有资格，去把实用性与理想化统一起来，但既不艺术性又不文学化地倡导所谓革命现实主义与革命浪漫主义的互相结合，却是对"中心思想"或"教育意义"的赤裸呼唤，而这种功利主义的呼唤所唤醒的东西，必然做作、空泛、虚假、伪善……

没错，我思维的次序，正是沿着这样一条由私情而公义的轨道快速递进的：从校园罗曼司的实用性与理想化到革命现实主义与革命浪漫主义的互相结合，从革命现实主义、社会主义现实主义到批判现实主义、现实主义、写实主义……是在这之后，我想象中诸多的它们，才纠结了起来，一忽被取消了一段情节、一层意思、一种结构模式、一套叙事手法，一忽又被增加了一段情节、一层意思、一种结构模式、一套叙事手法,而不论取消还是增加,也不论那取消与增加野蛮粗暴还是友善温婉,它们需要完成的,似乎都是同一个任务,那就是稀释真实,削弱美感,把种种有深意的表达和有难度的叙写,从小说的肌体上删除下去。

呵呵,题外话不宜说得太多,就此打住。

李青崖译《我的茹尔叔》 上海译文出版社
1978 年 4 月版《莫泊桑中短篇小说选集》(上册)

为甚喜新　因何厌旧

霍桑的《地球上的大燔祭》

这一讲我们需要远涉重洋，从旧世界欧洲一路来到新大陆美洲，由俄语法语改说英语。

有性急的朋友可能要抢话了：唔，该说欧·亨利了吧？依从一般的文学史次序，这么猜测没有问题。谈短篇小说嘛，欧·亨利自然是重点人选，有人把他与莫泊桑契诃夫并称为短篇小说三大巨匠，那个著名的"欧·亨利式结尾"技法，至今还滋养着许多不离不弃的文学老树与初学乍练的写作新苗，而现在，讨论完前两个了，轮到他上场也算顺理成章。但对不起，虽然，你对欧·亨利的理解可能没有偏差，却把我的心思给猜错了，不喜欢按常理出牌的我此番来到美国，不为欧·亨利，而是为了纳撒尼尔·霍桑。

前些年流行过一句时髦的废话：一个人的文学史——任何史，即使那种万众一心都认同的史，它初始的盖棺论定者也只系一人，所谓集体，所谓组织，从来都是一个人有意或无意操纵的傀儡，而所谓公论，所谓共识，能证明的，多半也只是许多人不谋而合地，对一个观点相近的代表性人物表示了认同。但我还是愿意支持这句漂亮而又正确的废话，那是因为，对于大一统的舆论一律和填鸭式的教条灌输来说，它那种不卑不亢的反动态度，正吻合于文学的独立品格和自由精神。所以，基于此，如果属于我的"文学史"有时显得太剑走偏锋，太别出心裁，比如，上一讲对莫泊桑恭敬度不够，而这一讲，又干脆对"三大巨匠"的定评置之不理，把欧·亨利直接就抛弃了，那还请原谅，我这自以为是的底气与勇气，正是"一个人"的观念所赐予的。

当然了，对欧·亨利我没有成见，他由监狱开始文学创作的故事，还曾深入地参与过编织打造我少年时代颇有几分壮烈意味的文学梦想——我开始喜欢文学的少年时代，中国正在革文化命，任何一个因热爱文明而求真向美的人，都有可能被投进牢笼，至少，得随时准备像霍桑笔下的海丝特·白兰在胸前挂一枚耻辱的标签那样，把红色的 A 字烙进思想意识。

没错，我说的正是《红字》，那部篇幅偏短但声名显赫的长篇小说。我敢打赌，全世界的文学读者中，知道霍桑的一定都知道它，而许多人即使不识霍桑，对《红字》其名也不会陌生。这就是一件精神产品的骄傲之所在，更是一个作家有资格为自己的创造感到荣耀的全部理由。

也许，许多读者还是很久以前读的《红字》，而且读的时候就三心二意，就一目十行，早忘了它的基本情节，即使还记得里边有个女主人公活得挺委屈，可对那委屈的来龙去脉，也只有个模糊的印象；但是，渗透在小说字里行间的那种压抑与憋闷、忧惧与惊恐，却肯定是每个接触过它的人脑海之中最重要的存储，什么时候回想起来，都在所难免地，会心不舒又意不畅，神不清还气不爽——是的，这就是霍桑，一个长年安于离群索居、特别热爱沉思默想、深受新英格兰清教主义传统影响、以生产"心理罗曼司"而自我期许的万物有灵论者，给予他的读者的馈赠。如果你恰好像我一样，也读过他的其他作品，比如长篇《七个尖角阁的房子》，比如短篇《教长的黑面纱》，那你肯定能同意我的判断，这霍桑，整个是一个以压抑憋闷，以忧惧惊恐，为生命与艺术之主旋律和基础色的人，他处心积虑地用阴森滋养诗意，用诡谲装点华美，其目的似乎只有一个，那就是折磨同时也是铸造他自己的以及读者的脆弱神经。

但是今天，即使在座的各位同霍桑一样，同我一样，神经脆弱得不堪一击，也不必提早把救心丹含到嘴里，因为我现在要介绍给大家的这篇《地球上的大燔祭》，偏偏与压抑憋闷和忧惧惊恐都不挨边，甚至，它还难得地涂着一抹喜剧的釉彩，有相当一部分读者，没准因为读它，反倒能心舒意畅和神清气爽呢。

霍桑出生于十九世纪初年，那个时候，他的祖国年轻得正当啼声初试。但儿戏般草草创建起来的美利坚合众国从降生伊始，踏上的就是奇迹之旅，它在政治、经济、军事、教育、科技、工业商业以及文学艺术等几乎所有领域，都能后来居上地成就斐然，持续地成为世界文明的试验者与引领者。原因固然很多，但我总愿意宿命地认为，这是上帝对它特殊眷顾的一个结果，而上帝眷顾它的具体方式，便是把一茬茬各行各业的功绩卓著者拣选出来，赠送给它。比如在文学界，假设从一七八九年，也就是欧洲爆发法国大革命和美国首任总统华盛顿走马上任的那一年算起，仅仅三十年，这片土地上，就收获了三位几乎比肩欧洲同时期任何巨擘的文学大家：一八〇四年的霍桑，一八〇九年的爱伦·坡，一八一九年的麦尔维尔……

当然了，我没有能力解读美国奇迹，连从我的专业入手，只解读美国的文学奇迹抑或只解读美学风格迥异的前述小说三杰，我也必然捉襟见肘，我此时敢于说几句的，只能是与霍桑有关的九牛一毛。小兄弟麦尔维尔，一度与霍桑比邻而居，老大哥艺术思想对他的濡染，对他修改后来举世闻名的长篇《白鲸》颇为有益；但在整个世界文学史上也算得上凄苦潦倒的爱伦·坡，这位在美国短篇小说发展史上，尤其在推理小说的创作方面有开拓之功的鬼才怪才，虽然称誉霍桑是"真正的天才"，却又对他的短篇创作有过严厉批评，认为他所习惯于使用的寓言式创作手法根本站不住脚……

说到这里，我想提醒各位，在以前的讲座中，我谈到契诃夫处理他的《一个官员的死》时，曾说他"把寓言的种子播进了写实的园地"。显然，在我这里，对"寓言"的评价是积极的、肯定的、赞赏的，甚至，我爱读霍桑，就在于他小说的寓意隽永；而在爱伦·坡那里，他的"莫格街"与"厄谢府邸"，也同样是因为寓意隐约而博我钟爱。我手头有一部《爱伦·坡短篇小说选》，共收作品三十二篇，只需从目录页搭眼看去，就能发现，其中至少两篇的标题，分别包含了"寓言""寓意"这样的字眼。所以，我想，或许爱伦·坡对霍桑的有所保留，更是出于他们对"寓言"、"寓意"理解的不同，甚至，若让我以小人之心猜度一下，引发爱伦·坡对霍桑耿耿于怀的主要原因，倒可能是，后者心仪流行于当时的超验主义，这令孤僻的爱伦·坡非常反感——当时的思想家爱默生，聚集了一帮崇尚直觉耽于冥想的文人搞超验主义。

就我的管窥蠡见，这美国立国之初的小说三杰，可以说，都是顶级的寓言创造者与寓意酿制人，相比于和他们同时期的欧洲诸强，例如狄更斯、萨克雷、乔治·艾略特，例如雨果、巴尔扎克、乔治·桑，他们虽然皆于死后才赢得划一的掌声，却又能明显超前地，在世界文学的舞台上预演现代主义，仅此一点，就在奇迹之中也算奇迹了。说到这里，我想多啰嗦一句。一提到美国，人们总爱说它是欧洲的儿子，至少是英国的儿子。首先我同意这样的说法，可是，仅仅从它的顶级作家们文学风格的别出机杼和艺术取向的另辟蹊径上看，我们就应该继续知道，作为儿子的美国，绝不是乖巧驯服的孝顺子与坐享其成的继承人，它基因里边格外发达的，更是异端的高贵与叛逆的光荣。

于是，或许就因为敢欣赏异端追求叛逆，霍桑为《地球上的大燔祭》写下的第一句话，就为小说嵌上了一副玩世不恭的不着调表情，比塞万提斯"村名我不想提了"的《堂吉诃德》开头还不着调：

> 在离现在很远很远的时候——这时候究竟是在过去还是在未来，关系都不大，或者没有什么关系……

好家伙，这个曾经的海关工作人员与外交工作人员，表面看去审慎恭谨，却出手就敢寻衅滋事，明明是在调戏故事捉弄读者，却偏偏要说"关系都不大"，倒好像，他为了释放某种久违的亲切之感，而故意让读者去联想每个孩子最早听故事时，那个不厌其烦地陪伴过他们的纯朴开端:"在很久很久以前……"姑且先这样理解他吧。只不过，一向思路怪异构想奇幻的霍桑，几乎就是为了自勘新途才投身写作的，他不会满足于因袭现成的文学资源，所以，他不仅让笔下的时空能回到"过去"，还可以跳进"未来"，以保证他的讲述能轻盈地行进在不确定中，然后，再借助那种似是而非模棱两可的不确定性，使寓言的倾向，使寓意的指向，都从物理时空的束缚之中挣扎出来，跳脱开去。如此，这个不着调的小说开头在为这个荒谬的世界画漫画时，才能恰如其分地，勾勒出一副有点旁若无人的讥诮姿态：它不屑于依附一个相对具象的时空背景，或者相反，它自视为一道深广悠长的时空背景，可以与人类的命运同进退共始终。

"燔"是焚烧，"祭"是祭祀，"燔祭"是指以火祭祀的那么个仪式。我们知道，古今中外，不论作为实在体还是象征物，火一直被视为参与了人类文明史甚至参与了人类全部演进史的重要元素，许多时候，似乎比既能滋生细菌微生物又能负载诺亚方舟并被大禹治理过的水还意义多重：它既流窜在凤凰涅槃浴火重生的佛教传说里，又摇曳在记录了被烧死在罗马鲜花广场的布鲁诺的历史册页中，它除了能照亮关于火是万物之本原与一切之始基的赫拉克利特式的哲学观念，还更能冶炼出对一百三十七亿年前宇宙大爆炸时烈焰肆虐的生动揭示……显然，霍桑的野心，包含了在艺术上不失均衡在思想上不嫌生硬的前提之下，做一番以篇幅之小对话主题之大的试验与实践。至于小说里的燔祭地点，那个"西部最大的草原之一"，它那等于未被顾及的草草提及，同样是霍桑的有意为之，因为，正是这种模糊能让我们感到,对于它的范围广与规模大,不论怎样夸张地想象都不过分,而它疆域的无边无际,又可以从另一个侧面做出强调,即使地球上所有的人造之物都被收罗过来,它也照样堆得下并烧得完。

那么,人们,为什么要举行这场大燔祭呢?或者说,人们为什么需要燔祭?

> 这个广大的世界上堆积了那么多破旧的华而不实的东西,以致人们决心把它们付之一炬。

但是且慢,这个宽泛的理由,应该只出之于公众的集体无意识,而在那些不断为"最珍贵的精神上或者物质上的证物"被销毁而"掌声雷鸣"地"发出一阵欢呼"声的吃瓜群众之外,在"一道道鲜艳的火舌"的映衬之下,也还有那种"生下来就以为自己的社会地位高人一等"的破落贵族,带着"习惯使然的、几乎是与生俱来的矜持仪态",痛心疾首地发表着自己孤立的观点:

> "你们这些老百姓啊!你们做了些什么呀?这场大火正在烧毁的都是表明你们脱离野蛮状态的标志,或者可以防止你们倒退到野蛮状态去的东西。我们这些特权阶层的人,就是使古代的骑士精神,优雅温柔和慷慨大度的思想观念,比较高贵、比较纯洁、比较优美和风雅的生活方式得以代代相传的人。你们抛弃了贵族,同时也就抛弃了诗人、画家、雕刻家——也就抛弃了一切优美的艺术,因为我们是他们的保

护人，我们创造了使它们繁荣昌盛的环境。取消这些庄严的表示高等身份的标志，社会不仅丧失了它的优美，并且丧失了它的稳定——"

然而，在鄙陋粗放的野蛮面前，繁缛的文明只能有长远的优势，从来都不存在短期的胜算。所以，破落贵族这种推崇理性尊重秩序的呼吁，不论对错或者有无价值，都必然地，要被滔滔舆情淹没卷走，至于这种呼吁的发布者，如果不是"靠着他新近获得的那种毫不显眼的外表躲藏起来"，没准都得受皮肉之苦。群众运动，天然是秩序的对头理性的敌人。喜新厌旧是人的本性，固然，如今，连撒谎仍会脸红的人，也懂得以"喜新却不厌旧"自我开脱了。但不可否认，在对待"旧"时，纵使微妙若两性关系，其骨子里本质上，也常常是以欲除之而后快为基本准则的。至于多数时候，那只"除"的黑手总落不下来，还要不时地通过种种违心的"不厌"自证清白，那只是因为——哦，不说了吧，照这个理路分析下去，就把两性关系间那层薄脆的窗户纸给捅破了，那我岂不成了社会公敌？况且，我要说的，原本也不是两性关系。

面对结构性的社会伪善，其实，两性关系不论受到怎样的糟蹋蹂躏，也肯定是人际之间，最快乐的纠结与最纠结的美好，也就是说，它即使真的"旧"成了敝帚，被"厌"的状况，也会复杂得无从离析：毕竟，人与人更可能双向有意，人与物才只能一方遗情。所以，我现在要说的其他诸"旧"，若论其"厌"之状况，远比两性关系易于描述——报纸、杂志、宝石、地契、酒桶、咖啡、烟草、情书、假牙、法杖、法冠、火枪、刀剑、军旗、绞刑架、圣餐桌、公债券、空钱包、假钞票、哲学书、文学书、羊皮卷、布道词、结婚证书、借据账本、百科全书、儿童玩具、皇家衣柜、帝王的冠冕、砍人的大斧、牧师的外套、盔甲上的纹章、十四行诗的原稿、长而又长的家谱、勒死过人的绳索、俄国沙皇的节杖、奥地利皇帝的披风、婴儿受洗的盘子、大学生的毕业文凭、绅士写的礼貌守则、寡妇亡夫的微型肖像、名门世家的家庭饰章、拿破仑荣誉军团的勋章、教堂尖顶上的十字架、法兰西王御座上的柱梁、表示九五之尊的紫色长袍、欧洲各国分别颁发的骑士徽章……

可是，对这种描述的简洁明了，又没法不让我心生疑窦，那件件纪念种种证物，难道，真的就既没有情又无关意吗？当然了，这个谁都说不清楚，尽管，作为我们存活时的陪伴死去后的痕迹，它们既能代表尘世的荣辱日常的甘苦，又能寄托情感的慰藉精神的依凭；人人都清楚地知道的只是，即使我们曾经甚至仍然珍视和爱恋这些纪念与证物，可一旦我们受到某种蛊惑与行为的影响裹挟，卸下了作恶时的心理负担，相信了破坏时的堂皇理由，那么，我们冷漠乃至冷酷地主动将自己珍爱过的"华而不实""别无他用""乌七八糟"的"废物"抛诸火海付之一炬，也都会是正常和容易的：一如德国的法西斯种族灭绝时心安理得，一如中国的红卫兵打砸抢烧时理直气壮。

二十世纪上半叶法西斯眼里的犹太人，与二十世纪下半叶红卫兵眼里的地富反坏右，还真就是最适用的"旧"的象征，据说，直到今天，有一些人，对他们仍怀有莫名的嫉恨。可没人知道，欲毁掉他们而后快的那些革命者，即那些恨不得把整个世界都扔进火堆的"外貌粗暴的汉子""形态粗野的家伙""年轻狂热的人"以及小说所记革命者中唯一身份具体的马太神父，他们"喜"的究竟是怎样的"新"。对此霍桑没做交代，或许他觉得，在一篇关于衰朽的小说里不便笔涉葱茏。

不过，我倒觉得，在霍桑的没有交代里自有内容，因为当我们随着"我"与"我"身旁那位"观察者"有些置身事外地概览燔祭时，耳边似乎总能听到，某一阕应该被名之为毁损四部曲或者叫荼毒四部曲的音乐，始终在实时记录般伴奏着那些忤逆的罪愆：先是轻薄纹章与华服，再是嘲弄武器与刑具，又是貌视文学与哲学，终是亵渎圣书与圣器……但把这阕从生活器物到精神结晶、由世俗荣誉到宗教信仰的毁损荼毒四部曲串连起来的隐含主题，却是那些向往"平等"、标榜"仁爱"、热望"自由"的破坏者们，对"最崇高、最仁慈、最伟大的事"的梦想与追求——

这也实在，太讽刺啦！

是的，太讽刺了。他们抢夺落魄的贵族，他们伤害体面的绅士，他们蛮横地迫使旧军官、哲学家、书商包括酒鬼和刽子手放弃自己的所爱所好，怎么倒成了对平等仁爱与自由的践行？当然了，这种瞪着眼睛说出的漂亮话不值一驳，我们需要厘清的只是，那漂亮话中所包含的"新"有什么玄机：原来，那些由空洞的说辞动听的口号构建起来的所谓新局面、新时代、新世界、新天地……只不过是作恶时的心理减压阀，破坏时的道德赦免书，其核心宗旨只有一个，就是制造遗忘——制造那件在流亡法国的捷克小说家米兰·昆德拉看来，因攸关生死而需念念不忘的可怕的事情。在《笑忘录》里，昆德拉说："人与强权的斗争，就是记忆与遗忘的斗争。"这里的"强权"，即是常常与"公理"唱对台戏,既被柏拉图以苏格拉底的名义进行过讨论,也在第一次世界大战前后,被中国人从西方趸过来挂在嘴边的那样东西,它的特点是,除了必然地导向粗鄙、野蛮、非人性、反文明,还必然地要通过有形无形的各种"燔祭",从物质和精神两个层面大搞历史虚无主义,去摧毁往昔删除记忆,以期终结历史,否定过去,重设纪元,再启时间。

  人群中又是一阵狂喊,说现在该把地契扔进火里去了。地球上所有的土地都应该归还公众……另一群人主张所有成文的宪法、政府规章制度、法案、法令以及其他一切人类发明创造的才能竭力使之打上法律印记的东西都立即全部销毁……

如此说来,"燔祭"即遗忘,而霍桑《地球上的大燔祭》欲"以篇幅之小对话主题之大"的试验与实践,便可以被理解为,是一次针对遗忘的揭老底与剥伪装。可是它——就这些?

呵呵,当然不会仅止于此,如果霍桑就这么以一目了然的意图和直白平滑的思想去处理他的小说主题,那我们,为他多费唇舌也就没必要了。但霍桑从来都不负期待,想象一下他十二个春秋的枯守茅庐,就不难猜到,他与文学,有可能订下了怎样的契约。果然,接下来,在小说已经完成了四分之三或五分之四的叙述之后,在有些作家,因为心急气躁或舒卷能力不够过硬,已经开始收拢与巩固和定型主题时,霍桑却飞鸟掠过水面般地轻转笔势,从容地往他那奄奄一息的故事之火里添了几把新柴,于是,他那正坠向平庸的小说主题,忽然之间,便烟花绽放一样璀璨了天空，缤纷了读者的眼睛与心。

那么，为了挽救他的小说，为了印证主题之"大"的当之无愧，霍桑往他的故事之火里，究竟添了哪些柴呢？

让我们随着"我"与"我"身旁的"观察者"回到沸腾的燔祭现场吧，重新置身于那些无名无姓的、多了谁都行也少了谁皆可的各色人物中，去耳闻目睹霍桑的信笔点染，怎样不着痕迹地，就完成了他故事的过渡与思想的跨越。其实，稍加辨识不难发现，那种能根本性地改变小说之火势的新柴计有三把：首先，当所有的燔祭之物都见火就着，连金属都要化灰成烟时，有几页民谣的歌单却特别耐烧，还有密尔顿的作品能发出"有力的火焰"，还有莎士比亚的剧本能产生出"奇异的光彩"，尤其是，还有一本古老的圣书仿佛纸页阻燃，居然可以幸免于难，显然，大火只能烧毁那些能烧毁的；其次，有一个只相信"装订成册的才算真正的书"的书呆子，特别渴望传承与守护文明，可作为"生下来就是为了啃死人思想的人"，他又必须是我们警惕的对象，因为许多时候，正是文明，喂养出了自己的敌人；最后，由于狂热的革命者终究无法把人心即人性也扔进火里一举销毁，所以，当一个面色黝黑的人以可怕的口吻发布预言时，便没法不让人联想到忧心忡忡的上帝或幸灾乐祸的魔鬼："即使他们把地球本身烧成灰烬也无妨"，面色黝黑的人说道，因为只要人心"这个污秽的渊薮"没得到净化，"邪恶和苦难"就仍将存在，世界也就必然还"和原来一模一样"。显然——

  心，心，在这个微小的而又无限大的领域里存在着人类的邪恶的原型，而外部世界的一切罪恶只不过是它的种种表现形式而已。

至此，我们便读完了这篇小说。我估计，各位中恐怕有不少人和我一样，读过它的四分之三或五分之四，就已经想言之凿凿地做点评了；可读完全篇，把整个故事都消化完毕，赏析它的嘴却张不开了。或许，霍桑写的是——

提供一点背景资料。乌托邦梦想，自柏拉图的《理想国》以来，一直是最有魅惑力最能蛊惑人的社会学憧憬与政治学愿景，从理论上说，它的延伸轨迹贯穿了十六世纪托马斯·莫尔的《乌托邦》，十七世纪康帕内拉的《太阳城》，十八世纪摩莱里的《自然法典》，十九世纪爱德华·贝拉米的《回顾》以及和《回顾》打嘴架的威廉·莫里斯的《乌有乡消息》，这些兴奋剂般的精神食粮，令无数陶醉于制度幻想的读者如痴如狂。所以，然后，大约从十九世纪初叶开始，阅读的幻想便结出了果实，想象开始与实践接轨，一批批空想社会主义者不再满足于著书立说，而是走上社会去身体力行。在那些知行合一的代表性人物里，圣西门、欧文、傅立叶，大概为中国人最不陌生，比如由苦孩子奋斗成资本家的欧文，在英国试验完"慈善工厂"，又转往美国试验"新协和"共产主义移民村，那种富人体恤穷人的情怀，至少让我感动有年……

我说这些，不是离题，不是跑调，不是某根神经忽然搭错了地方，而是霍桑的某段经历，唯有放在这样一个时尚化的大背景下，才不至于让人瞠目结舌。是的，终生以孤独为乐事的霍桑，却一度热衷于社会改良，曾于一八四一年，入住过布鲁克共产主义居住点吃大锅饭。我不知道，他这个弃旧图新的晚生代，是否认识或听说过除旧布新的欧文前辈，我只知道，当他在布鲁克农场心下暗呼上当的时候，欧文的"新协和"已经失败十七年了。霍桑激进的时段不足一年，但反思计划经济和集体主义却用了十载，一八五二年，他发表了相关主题的长篇小说《福谷传奇》，其间，对"新"之信徒的厌恶溢于言表。

最后，请允许我遗憾地道声抱歉。我翻阅了多种资料，却始终确定不了《地球上的大燔祭》的写作时间发表时间，这样，我便不敢判断，它与布鲁克农场有无关系。我坚信有。

最后的最后，还请允许我叠床架屋地再说一句。本次讲座提及的"新"，多有可能生出歧义，欲理解它，大约还应练就一双会区分新之真伪的明敏的眼睛。就我个人来说，几乎在所有方面，都一向是革新创新的信奉者，但我接受的新，对旧不论有着怎样的质疑批判否定背弃，也都不会是绚烂天际间的海市蜃楼，而首先得是旧的孩子，是只能在旧的春泥中萌芽绽放的艳丽花朵。

成奇译《地球上的大燔祭》 山东人民出版社
1980年4月版《霍桑短篇小说集》

悲剧其表 喜剧其里

卡夫卡的《饥饿艺术家》

一九九零年代前期，我的书房，在沈阳北部的北陵小区，与壁垒森严的辽宁省政府成四十五度夹角隔街相望。应该是初冬的一个傍晚，我和后来英年早逝的闻树国在书房长聊小半天后，又坐进了正对着省政府的一家酒馆，结果，议论完窗外街对面那两个荷枪实弹的站岗军人，我们的话题，自然而然地就转到了德语小说家卡夫卡身上，仿佛卡夫卡是创造了著名小说人物帅克这个"好兵"的哈谢克——后者也是布拉格人，与前者同年出生但早一年谢世，似乎没有资料表明，这同城居住的两个作家，这一时瑜亮的两个天才，曾以任何方式关注过对方。

我和闻树国也没关注过哈谢克。我俩都承认，我们接受卡夫卡，并不像接受博尔赫斯或罗伯-格里耶那样，一搭眼就心心相印，虽然，他们仨，在新时期中国文学蹒跚起步的艰难时刻，都称得上是最早帮助我们从蒙昧之中往外抽身的救命恩人。我和闻树国接触卡夫卡，都始于一九七零年代末到一九八零年代初，但当时，我俩都没像《百年孤独》的作者马尔克斯那样，读罢《变形记》便如梦方醒："原来小说可以这样写呀！"

从此踏上一条大师之路——或许，这也真就是大师与凡人的泾渭之别吧。我记得，当啤酒小菜与卡夫卡一同填进我们的肚子，闻树国的感慨，是以自我拷问的形式发出来的：如果以前没卡夫卡，那我们，即使像现在这样，也读了许多现代主义作品，然后接到卡夫卡投稿，我们是否就一定有眼光和勇气发表它呢？从天津来沈阳组稿的闻树国，是个三句话不离本行的优秀编辑。而我的感慨，则夹杂在某种咀嚼式的欲说还休和一咏三叹中：他居然这么处理饥饿……饥饿居然能这样进入小说……当时，我的职业也是编辑，但脑子里想的，全是如何写作小说。

当时，我那比较具体的感慨，针对的，就是今天我们将要讨论的这篇小说。这篇《饥饿艺术家》说的是，有一种专业表演，是把长时间的不吃饭当成技艺，表演者要像动物园的猴子或老虎那样被囚在笼中，通过一拨拨游客的参观逗弄或绕道而行，来确认自己的存在价值。结果，我们的主人公，一位处于饥饿艺术没落期的很有献身精神的专业人士，终因饿肚子的技能越来越无法吸引观众，而死在了感伤、沮丧和落寞之中。闻树国的感慨对象则丰富宏大，所针对的，既是也包括日记书信在内的卡夫卡的全部作品，又是含有卡夫卡意识倾向、思维特点、文学追求、美学风格的整个创作乃至他这个人全部的乏味与生动。

关于弗兰茨·卡夫卡，这个只活了四十一岁的几度毁弃婚约的独身男子、这个三部长篇均未写完的下笔踌躇的小说作者、这个临死时要求朋友把他的作品全部销毁的资深病人，我们身处的文学世界，对他的接受程度，正在不断地突破极限，对他的评论，用汗牛充栋来形容已经不再过分。在我印象中，几乎所有的文学巨人：塞万提斯、莎士比亚、巴尔扎克、托尔斯泰……都受到过不留情面的批评责骂，唯有对卡夫卡，即使最不买账者，也能宽厚地表示理解包容。在当今世界上，时间越趋向晚近，对那些以思想文化为职守的人来说，他就越是一个为数极少的、能令所有行当的后辈晚生都熟知和喜爱的历史遗存，至少，那些认同现代主义的哲学家、戏剧家、画画的、作曲的……对他熟知和喜爱的程度，绝不逊于其他任何一位广受推崇的专业先驱。说来有趣，真不知道，在这个从来都以妒嫉为荣以狭隘为美的小心眼世界上，这算不算是咄咄怪事。所以，我把他请进我们的课堂，还真就有点不知所措，觉得说什么都显得多余。固然，有一句现成的漂亮话可以帮我解嘲：越是复杂，就越值得反复阐释。不过在我看来，这样的搪塞很没意思，就像一只笼子，在死乞白赖地寻找飞鸟——哦，这一意象，是我从卡夫卡那里借过来的。

其实，我把卡夫卡请到这里，除了因为他小说好，再就是，我必须冒着被指为"媚俗"或"媚雅"的讥讽声明一句：一九八零年代尾期，三十上下的我，比三十上下时一直为订婚还是退婚而首鼠两端的卡夫卡更无所适从，于是，我重读和初读了这位"失败大师"的许多作品——"任何障碍都能粉碎我"，这是他对自己最中肯的评价——此后，他便被我看成了最体己贴心的精神伙伴，只是具体理由，多年以后我才归纳完备。

多年以后，我看到一段别人转引的、一个我对其一无所知的德国批评家龚德尔·安德尔说过的话，是那段耐人寻味的大白话让我悟到，我看重卡夫卡，主要是因为在我读过的所有作

悲剧其表 喜剧其里

家里他最"拧巴",具体地讲,就是对于生活和人性,他的发现与揭示最出心裁、最似是而非、最只可意会不容易言传。举例说吧,他的非政治性举世公认,从他作品里,看不出任何目标明晰的反抗意图,连人人都要时刻面对的社会问题,在他那里,都常常被排除在视野之外,似乎他的目光是有洁癖的,只注视得到那种样貌简明质地纯粹的东西:宗教、信仰、艺术、文学、美……可就是这样一个"无害"之人,却被一九九零年代以前的捷克斯洛伐克政府视为洪水猛兽,他那些"无害"的作品受到长期禁绝。这是为什么呢?或许卡夫卡的布拉格晚辈老乡,以后将成为我们某次讲座主人公的克里玛就此做过的精当分析,能成为这一问题的最佳答案:

> 卡夫卡的人格中最重要的是他的诚实。一个建立在欺骗基础上的制度,要求人们虚伪,要求外在的一致,而不在乎是否出于内在的深信;一种害怕任何人询问有关自己行为的意义的制度,不可能允许任何人向人们说话时达到如此迷人的甚至可怕的彻底的真诚。

同时,从另一侧面,墨西哥小说家富恩特斯与美国诗人奥登分别做出的判词断语,对于补充克里玛的答案,也特别的准确有效:

> 没有卡夫卡,就很难认清二十世纪的种种灾难。

> 因为他的困境就是现代人的困境。

而我们知道，二十世纪，几乎地球上所有触目惊心的灾难和困境，都是人这种动物的"杰作"，像世界大战、种族屠杀、政治迫害、宗教冲突、人权罪恶、恐怖主义……已经远远不像往昔那样，只与生存休戚相关，它们多半都由人从观念里边创造出来，再蛊惑着人去祸害人。

如此一说就明白了，通往灾难和困境的最主要路径，就是鲁迅一针见血地指认过的"瞒和骗"，而与之相对的真诚自然"拧巴"，至于卡夫卡那"迷人的甚至可怕的""拧巴"，在那些"不拧巴"的人与制度的眼里，便没法不大逆不道和不可饶恕。

在我看来，这个世界，和这世上所有的人，乃至这世上包括思想意识在内的所有属人之物，最值得玩味的就是"拧巴"。对于"拧巴"，也可以释义为荒诞或悖谬，不合时宜或不识时务，以及诸如此类的其他东西，但不论以怎样的说辞去学术它，去定义它，它也都是我兴趣以及兴奋的焦点。对此，我更早了解到的狄更斯的总结，与龚德尔·安德尔的总结一样开我脑洞，只不过，后者的总结指向具体，前者的总结趋于抽象。这样，便一直到后者出现，熟稔的前者才被完全唤醒，而反过来，由于前者明亮度的骤然提高，也才又让我对后者的认识与理解得以深入腠理：

> 那是最好的年月，那是最坏的年月，那是智慧的时代，那是愚蠢的时代，那是信仰的新纪元，那是怀疑的新纪元，那是光明的季节，那是黑暗的季节，那是希望的春天，那是绝望的冬天，我们将拥有一切，我们将一无所有，我们直接上天堂，我们直接下地狱——

作为犹太人，他在基督徒中不是自己人。作为不入帮会的犹太人，他在犹太人中不是自己人。作为说德语的人，他不完全属于奥地利人。作为工伤保险公司的职员，他不完全属于资产者。作为资产者的儿子，他又不完全属于劳动者。但他也不是公务员，因为他觉得自己是作家。但就作家来说，他也不是，因为他把精力花在了家庭方面。而在自己家里，他比陌生人还要陌生。

无疑，《饥饿艺术家》就是一个"拧巴"的经典——不对，我这样说未免随口。并非为了佐证自己的结论，我坚持认为，卡夫卡的每个标点符号，都浸染着"拧巴"的浓稠油彩：酸涩、迷惘、诡异、纠结、没情商、有态度、愈诚恳愈迂阔、越刚愎偏激越一丝不苟……他那种对事实细部的耐心剖解与冷静描述，能刻意求工到病态的程度，而这种病态的规范严谨，又能完全一本正经地，附着于对非逻辑或反逻辑事物快意恩仇般的想象之中，如此一来，那个在公众视野里早已习以为常到麻木的经验世界，与他笔下那个不可思议到天真的寓言世界，其碰撞其融合，便能生成出巨大的张力，从而使得他小说中，所有外包装似的物理性的颉颃抵牾，都能在内里的核心的精神层面上，啮咬得奇崛并且完美。可以说，这是他所有文字的共同特点，包括他一九一四年八月二日，写于第一次世界大战爆发时那行被两个句号一个破折号串连起来的简约日记："德国对俄国宣战。——下午游泳。"所以，我选择《饥饿艺术家》推荐给各位，可能更在于，它那故事的真实性——即心理真实与艺术真实——在有些人眼里，似乎比人变甲虫（《变形记》）或骑煤桶飞行(《骑桶者》)还无从拿捏和不可理喻。

小说以虚构为本，利用谎言呈现真实，所谓心理真实与艺术真实，自然既不是表象经验又不涉道德评判，而是指，一个小说家能否诚实地面对自己的感受，即最大限度地，让自己的感受吻合于事物的逻辑和人伦的常识，并在自己的感受与别人的感受有分歧时、相冲突时、尤其是别人的感受更与一个主流的强力感受相沉瀣时，能不惧外部的压力，勇敢地当然也可以怯懦地、果断地当然也可以犹疑地、巧妙地当然也可以笨拙地……把那感受表达出来。而往往就是这种时候，"拧巴"的飞鸟才会翩跹而来，扑棱着怀疑和恐惧这一对翅膀，在迷人的危险中与可怕的欣快里嬉戏穿梭：第一，任何人在意识到世人皆醉我独醒后，都忍不住会怀疑那独醒的价值；第二，即使对独醒的价值坚信不疑，但任何人，仍然都会对单枪匹马地捍卫和传布那价值感到恐惧。

显然，面对饥饿这一"题材"，卡夫卡的怀疑和恐惧会更强烈些：去司空见惯里感受"独醒"，这实在是自讨苦吃。

饥饿的"题材"，在司空见惯里，也早已让人习以为常，光我书架上以之为题的小说，就有挪威汉姆生的《饥饿》、尼日利亚本·奥克瑞的《饥饿的路》以及英籍华人虹影的《饥饿的女儿》，而中国杨显惠的"夹边沟系列"中，更有许多篇什都因写到了最为反文明反人类的饥饿迫害，而令我很想用个《饥饿记事》的副标题去统领它们。可卡夫卡，这个生长于小康之家的商人之子，这个工作平淡但也稳定的公司职员，他肯定既没目睹过被初始阶段的欧洲工业革命淬炼而成的那种饥饿，也没听闻过周而复始地繁殖在黑非洲的天灾人祸中的那种饥饿，更没想象过在遥远的东方中国,在一九六零年前后及至以后的岁月,不论一个不幸的私生少女,还是一群被指控为右派的敌人,所经历的那种非人虐待……

哦,如果卡夫卡想通过我深入生活采访饥饿,基于对他的喜爱,我愿意无偿地给他赠送素材。在中国的一九六零年前后及至以后的岁月,我和我爸妈,都侥幸没成为私生子女或者右派,于是,我妈生我时,在整个产假的五十六天里,便奢侈地吃到了十个鸡蛋,确保了日后的我虽然细瘦若柳条,却难得地还算身心健康。如此,关于一九六零年前后的饥饿,如果我向卡夫卡转述,有些记忆,便恐怕不会特别切肤;但是,关于我记事以后的五六七岁到十五六七岁,我那因"可以教育好子女"的身份而与所有私生的孩子一般无二的种种体验,比如,饥饿时无以形容的抓心挠肝,恐惧中没法描述的精神压抑,我则可以纤毫毕现地,做出形容和进行描述,并且,我还可以把我对许多同学的观察,也一并给卡夫卡演示出来,告诉他,我的这些出身于多子女工农家庭的同学虽然根红苗正,在道德上政治上可以免受歧视,但物质生活上,他们匮乏的程度却要远甚于我。或许,就是因为有了他们的比照,这么多年里,不论何种意义上的人道主义灾难为我所耳闻目睹,都很难激起我的惊讶……唔,倘若卡夫卡把这些都采访了去,那它笔下的饥饿,完全可能更加出彩——

打住!我这么推导什么意思?难道,我是想通过考据腹内是否曾饥肠辘辘过与空空如也过,来证明卡夫卡未能源于生活的缺憾或已然高于生活的才干吗?

不好意思,这的确是我成心设置的一次误导,我欲由之生发的东西，其实恰恰相反。

在我看来，卡夫卡"独醒"于在司空见惯里都习以为常的饥饿"题材"所证明的，刚好是一个有着拨乱反正意义的美学教训：在一个视心理上的与艺术上的真实为第一要务的小说家那里，生活不是用来"源于"或"高于"的，生活就是存在本身，是囊括在存在的反射弧里的林林总总，是一个前孕检时代的忐忑孕妇在产前时段，不论她腹中孕育着的是儿子还是女儿、天才还是蠢货、健康的还是残疾的、邪恶的还是善良的，她所付出的那些质地相同的喜悦或忧伤、幸福或痛苦、满足或疑虑……当然，肯定的，它更是英国小说家弗吉尼亚·伍尔夫那直接而又干脆的表述："要是认为文学直接来自于生活中的素材，那就想错了；作者应该脱离生活，全神贯注于思维之中"，又更是中国画家林风眠那后来为他招致了弥天大罪的创作感受："靠生活越近，离艺术越远"。于是，也正是对生活对文学有了如此的态度，当所有人都把饥饿看成灾难和痛苦时，当饥饿的反面，永远要被模式化地诅咒为社会的不公、他人的悭吝、自己的不努力不明敏起码也是不走运时，那个狡黠又诚笃、刻薄又憨厚、通体透明又混沌莫测、谨言语慎行动又冷幽默暗滑稽的卡夫卡，却别具只眼地，把饥饿看成了技艺的标签天赋的特长，看成了才华的证据荣耀的勋绩，让它堂而皇之地去显示存在确认价值，并让那被显示者被确认者，成为爱岗敬业的典范，成为忠于职守的楷模，成为跻身于"衣带渐宽终不悔，为伊消得人憔悴"（柳永语）境界的——呵呵，以这句柳词素描饥饿艺术家，合适得都能让泪花绽放出笑纹，让割心剜肺的悲剧演变成忍俊不禁的喜剧。

  饥饿艺术家后来有时暗自思忖：假如他所在的地点不是离兽笼这么近，说不定一切都会稍好一些。像现在这样，人们很容易就选择去看兽畜，更不用说兽场散发出的气味，畜牲们夜间的闹腾，给猛兽肩担生肉时来往脚步的响动，喂饲料时牲畜的叫唤，这一切把他搅扰得多么不堪，使他老是郁郁不乐。可是他又不敢向马戏团当局去陈述意见；他得感谢这些兽类招徕了那么多的观众，其中时不时也有个把是为光顾他而来的，而如果要提醒人们注意还有他这么一个人存在，从而使人们想到，他——精确地说——不过是通往厩舍路上的一个障碍，那么谁知道人家会把他塞到哪里去呢。

  是的，残忍畸形的《饥饿艺术家》之高明、之巧妙、之迷离奇幻，就在于它其实是一出始终为厚重的悲剧帷幕所藏匿遮蔽的讽刺喜剧，只不过，作为闷骚风格的另类喜剧，在它轻淡的嘲弄质朴的讥诮中，又随处可见真诚的理解与怜惜的认同，这便使得它为奄奄一息的饥饿艺术家所构建起来的复杂关系，特别难于追索，尤其无以拆解。首先，若从写实的意义上说，这则以饥饿为艺术表演形式的故事，甫一进入便可以被定性为荒唐的笑话。可其次，在它自行搭建的特殊舞台上，它那行文的调子与材料的处理方式又能表明，它并非写实的玩笑而是超验的寓言，要深入它，最好有一些基本的资格储备：既要辨得出象征比喻，又能展得开幻觉联想。这之后，一个读者，才有可能要么固执一端要么率性而为地，按照自己的理解去体验"饥饿"感受"艺术"，并且也才可能做到：怎么离谱都有准绳可循，如何规范都系逾矩之举。

就我个人来说，几十年里，从这篇小说中，至少能读出几十种"饥饿艺术"和几十个"饥饿艺术家"，而最常遭逢的那一种和那一个，应该就是小说和我。另外，作为一个无信仰之人，经由这篇小说，我还常常能拜谒到那个名叫耶稣的上帝之子，每每望向钉着他的十字架，占满我脑子的词汇，便尽是苦修苦行、惩罚救赎、信仰的代价、牺牲的意义……

不过，这篇小说引荐给我的，多半还是那些与上帝无关的、另一重意义上的因信称义者：饮鸩而死的苏格拉底、举枪自裁的凡高、沉湖溺毙的王国维、或我们将在下一次讲座中遇到的服药殒命者芥川龙之介……而在这些名流壮举或闻人逸事的覆盖之下，更有无数日常的、凡俗的、没能被历史库存记忆下来的"饥饿艺术"和"饥饿艺术家"，能与卡夫卡的发现和揭示构成亲和度极高的观照与呼应：当生活中曾经光芒四射的好玩性黯淡之后，当生命终于被平庸乏味主宰了以后，许多人都会有意无意地，去扮演并非为了一死了之的割腕少女，或并非因为喜欢疤瘌而拿烟头炙烫肌肤的青春期男孩，以期在一场场苦涩的反抗秀与酸楚的自度曲中，不无自慰意味地，体验自虐的快感，以及对那快感的反射式回忆与破坏式纪念。当然了，对那种种的秀或曲越看得多听得多，我就越觉得无权利也没胆量，去断言它们的对还是错、好还是坏、无聊还是有趣、疯狂还是理智……我只想基于那秀或曲的点拨启示，去学会适应，学会欣赏——比如，适应新近注入中国读者耳朵里的、查尔斯·布考斯基《苦水音乐》的那种尖利刺耳，比如，欣赏早已是中国读者老熟人的、弗拉基米尔·纳博科夫《黑暗中的笑声》的那种撕心裂肺，进而，把各类容颜不同又味道相异的悲剧与喜剧，都一视同仁地接受下来，并将它们的边界，朝向无限的丰富性拓展开去，以求通过并非相对主义意义上的喜中生悲、悲里含喜、悲喜同源、喜悲一脉，去正视自己内心的幽邃与晦暝，去体察他人认知方式的诡谲与精神活动的玄幻，去领悟另一位布拉格之子昆德拉所提炼的那种"永远是非体系的、无纪律约束的""小说式的思想"……然后，最终，再回到《饥饿艺术家》，去为饥饿艺术家那让人百感交集又大跌眼镜的临终遗言，释然地呼出一口长气——

"我一直在希望你们能赞赏我的饥饿表演，"饥饿艺术家说。"我们也是赞赏的，"管事迁就地回答说。"但你们不应当赞赏，"饥饿艺术家说。"好，那我们就不赞赏，"管事说，"不过究竟为什么我们不应该赞赏呢？""因为我只能挨饿，我没有别的办法，"……饥饿艺术家一边说，一边把小脑袋稍稍抬起一点，撮起嘴唇，直伸向管事的耳朵，像要去吻它似的，唯恐对方漏听了他一个字，"因为我找不到适合自己胃口的食物。假如我能找到这样的食物，请相信，我不会这样惊动视听，而会像你和大家一样，吃得饱饱的。"

这位圣徒般的极限挑战者，这位形而上诉求的坚定捍卫者，他之所以如此虔诚和执拗地献身饥饿事业，原来，居然，竟是……那么，他渴望得到的那种"适合自己胃口的食物"，那种有别于他人所需的、能让他和"大家一样，吃得饱饱的"食物是什么呢？或者不妨多一句嘴，再由之联想一下他的创造者卡夫卡的临终遗言，我们是否还可以问：假设卡夫卡相信了有读者"适合自己",那他的小说,是不是就不必付之一炬呢?

在常规意义上的结尾之外,这篇小说还有个结尾:饥饿艺术家死后,那只囚禁过他的笼子,又把一只同样为了供游客观赏的豹子关了进去。那只给人以高贵之感的豹子,与落魄的饥饿艺术家完全不同,它凶猛、活泼、胃口极好,"什么也不缺",似乎自由,就存在于和只存在于活着之中,与"好死不如赖活着"的那个活着,是不分高下的同一样东西。这一结尾意味深长,如果还有时间,我很想与各位讨论一下,那只不知比人更需要还是更不需要自由的欢乐的豹子,若出任饥饿艺术家的榜样楷模,它的资质能够得到认证吗?

叶廷芳译《饥饿艺术家》 外国文学出版社
1985年8月版《卡夫卡短篇小说选》

顾左右而言他

芥川龙之介的《罗生门》

日本有一个旨在奖掖新人表彰新作的文学奖项，从一九三五年创办至今，八十多年里，一直严肃地，为严肃的日本纯文学小说创作站脚助威鼓劲加油，它就是在日本有着权威地位的"芥川龙之介奖"，而芥川龙之介，便是我们今天讲座的主角。

一九二七年，芥川龙之介服安眠药自杀时三十五岁。他在当时的日本文坛号称鬼才，声名日隆，不仅前辈大家夏目漱石很看好他，异域那位目光刁钻的同行鲁迅，也曾向中国读者介绍过他。但他毕竟年少早夭，如彗星经天，虽然成就很是不凡，可如果没有"芥川奖"年年岁岁为他传名播誉，随着时光荏苒，一茬茬后辈读者若遗忘了他，大概也没什么不正常的。可芥川却是长青的树，挺拔葱茏一直到现在，不光在日本读者眼里，在许多外国读者眼里，也始终享有着肯定大于他那些影响力有限的短篇小说所理当带给他的美誉尊荣。无疑，这是一桩愉快的文学公案。但这桩公案越让我愉快，有的时候，就越会吸引着迂腐的我，去钻牛角尖般地冥想一番：难道，为芥川名声中那个超值的部分提供养料的，仅仅是这个每年启动两回的文学奖吗？

当然不，那养料也包括甚至更包括——对，没错，你刚一张嘴，我就猜到了你要说啥，因为在了解芥川的人那里，这个答案唯一且通约：让芥川成为长青树的，更是黑泽明导演的《罗生门》，那是一部在世界电影史上也占有一席重要位置的经典之作。

原来，电影《罗生门》与芥川——

请允许我话说从头。对于一部电影来说，编剧再重要，其地位，顶好也只能排行第三，不论外行的望文生义和内行的言不由衷怎样鼓噪，所谓"剧本剧本，一剧之本"的箴言警语，也颠覆不了现实的境况，即，逃逸般的演职员表在广袤银幕上滚滚向前时，率先露面的编剧再像带头大哥，更不可一世的，也得是后边姗姗而来的导演和演员。所以，依从一般的专业规则，小说家芥川龙之介与电影《罗生门》的关系再密切再深入，也只可能是编剧与剧本的关系，而鉴于编剧那种从属甚至附庸的性质，又可以想见，芥川若写出了《罗生门》的脚本，甚至还从某个电影节上把编剧的奖项夺到了手里，那他的声名，也同样很难大到现在这样。有谁知道稍后于《罗生门》出品的如今也已成为经典的《罗马十一时》（意大利）或《流浪者》（印度）或《后窗》（美国）都谁编剧吗？更何况，是芥川谢世二十年后，电影《罗生门》才问世的，并且它的编剧署名，也只有桥本忍与黑泽明这两个人——

好了我不卖关子了，其实，芥川与这部电影的关系，比之于编剧与电影的关系，要远十万八千里呢，他对这部电影的贡献，只是在电影片名下边，创造了一对浑圆的括号，以及括号里的一行文字：本片根据芥川龙之介小说《竹林中》改编。这样的事情小有尴尬。谁都知道，那括号和说明文字的意思只相当于，电影《罗生门》是一株杂交的鲜花，它的一部分基因由芥川提供，但除此之外，那株花渐次地成熟美丽：萌芽、吐蕊、绽蕾、怒放……与芥川就不再有关系了。哦，对了，"罗生门"这个憨厚的片名，也与芥川有关，是从芥川其他小说的头上移植来的。但它既不刺激生理，又不开悟心理，似乎比那已经少得可怜的"一部分基因"更价值低微，享受被忽略不计的待遇当在情理之中。

这——既然芥川与电影《罗生门》的关系，比十万八千里还远一截，我为什么还要栽赃陷害般地表达出来，他借了它光那样的意思呢？

在座的各位中，可能有人特别喜欢芥川，这时候，恐怕要骂我大放厥词了。请稍安勿躁，别急着否定我，因为你很快就会发现，我下边将要阐述的东西，即使关乎芥川，也丝毫不会有辱于他。

其实，芥川的尴尬，是无数小说家共同的尴尬，在芥川身后，自电视剧时代开启以来，小说家们的左支右绌与进退失据与顾得了头顾不了腚，不知要甚于芥川多少倍呢。所以，比较而言，属于小众的小说家常常因捆绑到了属于大众的影视战车上才扬名立万——才实至名归吧，就正常得，如同广告之于商品：某商品即使真的质量上乘，它的热销，也缺不了广告的锦上添花。因而，在这节谈小说的课堂上我抬举电影的世俗性影响，绝不为贬低包括我自己在内的小说家，至于对无心插柳般地受益于电影的芥川，更无半点调侃的意思。我拿芥川与电影

顾左右而言他

《罗生门》说事，只因为他与它的搭配组合太典型了，渗透其间的那些难以破译的微妙元素，特别有代表性，特别适宜借题发挥——如果需要提前概括我的意思，我或许是想，通过"芥川现象"，把欣赏者与艺术品及其创作者之间错综的关系清理一下，也就等于，直面一回"接受美学"这种宏大的命题。但不好意思，我一直不太习惯理论的思维与学术的阐释，所以，即便现在误入了禁脔，我也只能调动我小说家的看家本领，通过顺手牵羊一星半点简约至极的个人经验——算是两则半小故事吧，来表明我想分享给各位的谫陋意见。

最近几年，我的视力严重退化，原本那双虽然偏小、但却能轻易辨识出视力表最下端有着不同开口方向的字母"E"的火眼金睛，突飞猛进地开始了模糊。再也不敢大量看书了，小量地看，都得辅以各种养护手段。于是，耳朵便更多地派上了用场，其功用之一，便是闲暇之时，假模假式地听西洋音乐——诸位见笑了，如果不是为了把"芥川现象"说明白些，我绝不敢这么自扒底裤般地丢人现眼，因为我这副耳朵，别说移情遥远的西洋，连迷恋切近的国粹比如《小白杨》或《小苹果》，都会惹广场大妈撇嘴嗤笑。

话说某天，我心不在焉地听一段音乐，并且同样心不在焉地，浏览关于那音乐的背景介绍，虽然我知道，即使把浏览发展为背诵，我那音乐白痴的红 A 标识也涂抹不掉——大家还记得霍桑吧，我们讨论过他的小说。但这是我的一个习惯，是我读小说时，养成的一个"链接式"习惯：如果可能，就也多关注一下作者或作品背后的东西。比如读芥川，在他小说之外，我就还愿意了解到他母亲患有精神疾病，而他则早早被过继到了舅舅家里;也愿意了解到他的创作理念,本来是唯美的艺术至上,可后来却转向了社会批判;更愿意了解到,他结束生命的方式虽然是自杀,但却并不基于生计艰窘等外在理由,而与他发现了"人生比地狱还要地狱"之后的"模模糊糊不安"更有关系……于是,我这种由读小说延伸到听音乐上的"链接式"习惯让我下意识地知道了,我正听的,是英国人爱德华·埃尔加的管弦乐作品,它名字叫——这之后,我那原本慵倦的意识,便像刚冲过凉水澡一样,被包围我的音乐给浇精神了:《威风堂堂进行曲》!

对,就是这个不伦不类的怪异曲名,一跳进我眼帘,便让我和这首乐曲、和埃尔加、甚至和全部的西洋古典音乐,一下子就拉近了距离。"进行曲"当然没什么怪异,它规范和正确得让人没有感觉;不伦不类的是"威风堂堂"。在汉语里,有威风凛凛,有仪表堂堂,有八面威风,有堂堂正正……可"威风堂堂"?虽然它意思一点也没错,可这样的组词法我闻所未闻,我想不好,它出于译者的笔误还是生编硬造。对字词的使用,我的敏感是神经质的,我一向认为,语言能塑造思维和人格,所以,尤其书面语言或公共语言,是不可以草率地废除标准和随便地突破底线的,像"屌丝""撕逼",像"小公举""小鲜肉",像庸俗和廉价地滥用"幸福""痛苦""爱国""汉奸"……总会让我吞了苍蝇般感到恶心。我应该不算一个保守的人,对文字的循规传承与应运再造,我的尊重一视同仁,甚至,我还格外欢迎不断有新的说法横空出世,又有旧的说法被赋予新意,以便更好地表达我们新的经验与新的诉求;我反对的,是任太多的粗鄙与伪善、下流与奴态、邪恶与暴虐……去污染语言，毒化思想，戕害人性。但"威风堂堂"这个组词，虽然唐突无礼，可与乐曲那骄傲的旋律结合之后，给我的联想，却是高贵的尊严以及刚正，它那种煞有介事的不伦不类，倒能让我这个萎靡到浑浑噩噩、怯懦到服服帖帖、却又心有不甘情有不愿的被动堕落者振作起来，还难得地，对这么一个假大空风格的生造词汇产生了喜欢——当然了，主要的，我以为，是我的音乐白痴程度，经过此番思想风暴的洗礼似乎减轻了一些。自那以后，我又多次邂逅过这首对我来说，热情和浪漫都过于强烈的管弦乐曲，尽管，它的曲名，多数时候都平庸到愚蠢地被写成《威风凛凛进行曲》，但我它之间，因初识之时的"威风堂堂"而缔结的关系，却始终能够很特别地，既以音乐的方式更以其他方式，影响我，感染我，刺激我，比如其效果之一，便是让我这个音乐的门外汉有了勇气，在这里"威风堂堂"地大言不惭。

事情没完。上边我说的，只是两则半故事中的一个，紧跟着它的，与它多少有点瓜葛的，还有半个故事。

在全世界的音乐名人堂里，不论怎么排序，巴赫名列前茅都没有异议，而埃尔加再"威风堂堂"，也无资格望其项背。当然了，我这么说，不是要生硬机械地比较我眼里的他俩，而只想声明，对于再高雅的玩意，我擅长的接受法也常常庸俗，也就是说，在多数情况下，埃尔加者流只能偶然进入我的视野，巴赫这种被强势舆论锁定在英雄座次前列的人物，才会成为我刻意追慕的对象。因为巴赫名气太大，光他那部有着戏剧性命运的《哥德堡变奏曲》，我就至少听过五位钢琴家的，并认为他们演绎的都好——对不起，开个玩笑，我哪有资格做评判呢，即使说好，也等于不敬。可不久之前，看了加拿大人格伦·古尔德《哥德堡变奏曲》的演出视频，我忽然觉得，再就"哥德堡"说点什么，我或许已不必脸红，因为通过古尔德，我对音乐家那个既是实指更是虚指的催眠使命，有了更深的领教与理解，进而，也更深地领教与理解了，它与我的写作使命的异曲同工——假设，我的写作，也配挂靠什么"使命"。

在我与古典音乐极为有限的接触史上，我看到的和想象到的各种乐器的演奏者们，或男或女，或老或少，甚至有一回，见到个指挥坐轮椅上，其共同点，都是风度翩翩又落落大方，连因激情澎湃而挤眉弄眼时，而摇头摆尾时，也张弛有度收放得体。可唯有古尔德，这位因死于五十岁这个恰到好处的年龄而始终对得起"帅哥"称谓的美少年与俊中年，坚持着不混同于其他同行：他穿着松松垮垮的肥大西装，佝偻着歪歪斜斜的弯曲腰身，张扬着无以掩饰也没想掩饰的自慰式颓废……于是，缩成一团，摇头晃脑，嘴巴经常念念有词，手臂间或抽搐甩动，便成了他最为经典的演奏风格与舞台形象。然而，正是这个成规定式的亵渎者，却让我感受到了一种似乎独属于我的庄严与自由，而这种"独属"的感觉，恰恰是许多成规定式的维护者很想带给我却始终难以如愿的一项恩典，并且，不拘体统的古尔德在促成了我与"哥德堡"的把盏言欢之余，还不无穿越意味地，实现了对我那原本受到过分束缚的心魂的催眠式解放：在谦和恭谨文质彬彬的"哥德堡"身上，我看到的是古尔德的自慰式颓废，而我听到的，则是激昂高亢的、豪迈凛然的、睥睨群伦的钢琴版的"威风堂堂"。

以上为一个半音乐故事，下边再讲个文学故事。

顾左右而言他

美国小说家托马斯·品钦其人其书都很奇葩，让人无法轻易评骘，这么多年里，我一共买过他五本小说，但基本读完的，只有其中最薄也最容易一知半解的《拍卖第四十九批》，而显然名气更大的《万有引力之虹》或《V.》，虽然那种胡诌八扯式的叙事风格和百科全书式的内容表达我都认同，也很喜欢，但始终没去认真阅读。是因为它们对话偏多，而我不熟悉的社会文化符码又使用过滥吗？还是这一类写法，天生就允许甚至支持摆脱文本的冥想式接受？然后就到了两三年前。两三年前，在一个常住法国的西班牙作家笔下，我偶然发现了下面的段子。这个段子真还是假，估计没人去做考证，但它的突兀现身却让我如获至宝，相当于，给了我进入品钦的一把钥匙，尽管，距我上一次试图叩开品钦已过去九年，而我阅读厚达五百六十六页的《V.》和八百零八页的《万有引力之虹》时使用的书签，至今分别停留的位置，也仍然是一百一十二页和四十六页。

品钦一九三七年生于纽约，当过两年海军，学过工程学和英语文学，大学毕业后，在波音公司担任过专业性较强的技术写作人员，直至三十多岁，成了专业作家，终于原因不明地故意淡出了公众视野，使得市面上，连他的照片都收罗不到。有一年，曾以品钦作品为题写过毕业论文的英国诺丁汉大学教授彼得·梅森特，经再三努力终获同意，去纽约当面访问了品钦。数年之后，因研究美国文学成绩显著，梅森特又受邀去洛杉矶参加文学聚会，还事先就知道，到场的作家里也有品钦。可聚会开始后，惊讶的梅森特完全懵了，他发现人们介绍给他的洛杉矶品钦，与往昔接受他访问的纽约品钦竟是迥异的两人，虽然谈及品钦作品时，他们同样都头头是道、如数家珍、应对裕如。聚会结束时，梅森特鼓起勇气凑上前去，把他当年对纽约品钦的访问讲给了洛杉矶品钦。出乎预料的是，洛杉矶品钦对此毫无意外之感，只是郑重地说："那么，亲爱的梅森特，这就要由你来决定谁真谁假了。"

我的故事，或者叫经验，就是上述这两个半，如果各位明白了我为何讲述它们，也就能悟到，我要通过芥川说些什么。可是，如果各位没明白呢？好吧——为了进一步方便各位明白我意思，我就提前，把几句或许可以代我为这次讲座出任总结的话叨咕出来，也算是，为各位走向芥川画个路标写个街牌：

> 一部文学作品能够流传，经常取决于某些似乎并不重要甚至微不足道然而却不可磨灭的印象……因此，文学的历史和阅读的历史其实是同床异梦的，虽然前者创造了后者，然而后者却把握了前者的命运……因此，每一位阅读者，都以自己的阅读史编写了属于自己的文学史。

这一段话若印出来，应该使用引号或异体字，因为它们不是我的原创。是的，它们是引文，是中国小说家余华评价波兰小说家布鲁诺·舒尔茨时，在《文学和文学史》一文中写下来的。

我们已经知道，电影《罗生门》改编自芥川的小说《竹林中》，而《竹林中》其实也非原创，它是对一个一千年前历史故事的重新组装。那个作为蓝本的历史故事比较简单，其主题，只是对不可一世的武士的讽刺；而经过一度翻修二度改造的小说《竹林中》与电影《罗生门》，则升华了这个历史故事，它们借助不同的人，基于各自不同的情感需要与利害关系对同一桩命案的不同描述，来层层递进地，把一种用时尚的话说叫细思极恐的东西，即芥川感受到的那种"模模糊糊不安"的东西，施加给了接受主体，从而把一个真相主题，尽量立体地呈现了出来。于是，二十多年前那场"竹林中"的腥风血雨，借助桥本忍黑泽明的呼风唤雨，终于鲤鱼跳龙门般地摇身一变，化作了洗濯或者叫灌溉"罗生门"的妖风淫雨，如此一来，"罗生门"这座藏污纳垢的城门楼子，作为一个简明至极的地点标签，却得以充满神秘色彩地，由一个普通的电影片名抽象成为某种象征，进而演化成了某种意蕴丰沛的指代符号……

分析至此，前边涉及过的那个问题，也又自然而然地跳了出来：假设，在不必考虑电影更易于传播而小说受众面有限这一因素的前提之下，还是这部电影，但沿用了《竹林中》这个小说原名，或者，使用了一个更能凝聚影片基础性信息的其他名字，比如《竹林杀人案》或《武士喋血记》或《莫衷一是》或《众说纷纭》，那么，它的社会影响与艺术价值，也能有《罗生门》这么大吗？

没有人是算命先生，假设的事情无从验证，可见的事实只是，在电影《罗生门》行世之前的二十年里，小说《竹林中》或《罗生门》，受到的关注和得到的阐释都比较有限——说到这里，可能有人会质疑我，指出前边言及这问题时，我暗示出来的答案似乎意思相反。或许是吧。不过，如果你仔细掂量过我的语气，便不难发现，我那"忽略不计"的阴阳怪气，其实是替芥川鸣不平呢，是习惯性地，以小说笔法对"罗生门"这个电影片名先抑而后扬。我认为，桥本忍黑泽明把传说中那扇用于分隔人间与鬼域的"罗生门"张冠李戴给"竹林中"，表面看去多此一举，但事后反刍，我甚至相信，他俩深入"竹林中"寻寻觅觅，为的就是经过一番偷梁换柱，好把"罗生门"这个本色而又多义的名字据为己有。

应该承认他们幸运，凭靠直觉，他们点中的，刚好是艺术品的接受者那个总隐匿在感性之中但又总期待被理性激活的敏感穴位。当然了，在这里，我没想为艺术产品的如何冠名指手画脚，更没想比较，小说《罗生门》与电影《罗生门》的若即若离，与以前我们曾讨论过的契诃夫小说标题的两种译法，《小公务员之死》与《一个官员的死》的似是而非，如何性质有别又情形不同。没错，这些问题都有意义，但我今天没想关注，今天的我只想知道，从小说《罗生门》到电影《罗生门》到象征符号"罗生门"最后再绕回芥川身上，这条神秘的路径是否有迹可循？

对，有迹可循，那迹就叫"芥川现象"。

是的，也许，那个以因为果又化果为因的"芥川现象"，看去只是一条首尾相衔的模糊轨迹，但作为通联在欣赏者与艺术品及其创作者之间的传输媒介，又正是因为它的混沌、暧昧、不可设计和不可复制，那些以它为渠的丰富性和包容性，才能不受禁锢地恣肆流淌：往宽了说，它可以疏朗地在"威风堂堂"的错位组词以及古尔德的没有正形与全部西洋古典音乐之间铺设坦途，往窄了讲，它又能蜿蜒地在"两个品钦"和品钦小说的结构飘忽与意旨晦涩之间开辟幽径。

一般来说，没人否认，创作是一项神秘活动，即使给人代笔或受命撰文，那种思想与文字的电光石火，也常常能闪烁得出人意表。可是，如果说接受也是神秘活动，并且，那神秘还不仅仅得之于情节设置上的柳暗花明，或故事冲突里的种豆得瓜，而是能在学术辨析或逻辑推理之外，从感性的、直觉的、碎片化的、无意识的感悟与融入中匪夷所思地生成出来，恐怕就会有人觉得我言过其实了。但我实在没法知道，还有什么样的学术或逻辑，能把我的"言过其实"恢复为名副其实，我只知道，非学术也不逻辑的"芥川现象"之所以有价值有意义，恰恰在于它能深化和扩大我们阅读的本义。

阅读小说，当然可以只了解一个具体的故事，只了解构成那故事的技巧手法语言特色，但是，在了解一篇小说的写什么与怎么写之外，也完全可以甚至更加应该，借助那具体故事之中或之外，所派生出来的种种直白抑或曲折的缘由，借助很可能与那具体故事并无外在关涉的隐晦之处暧昧之点，去培育感性、训练直觉、把玩碎片化、挖掘无意识，从而，实现对超越于一个具体故事一篇具体小说的，亦即对于全部生活和整个世界的，那种理解与判断。比如吧，读《史记》，不妨也去知道一下古代的司马迁何以就被施了宫刑，而看《金光大道》，也理当了解，当代中国在差不多十年的时间里，为什么八亿人中只有浩然，至多也就几个他的好运兄弟吧，才有幸被恩准发表小说，并且是只允许发表那种与文学基本无关的垃圾小说。如此这般地以点带面一番，接下来的递嬗关系，大约也就好把握了：虽然早逝的芥川对电影《罗生门》及其衍生品"罗生门"这一象征符号一无所知，但它们，电影《罗生门》及其衍生品"罗生门"这一象征符号，却是铸就芥川殊荣的基础性材料中，最坚不可摧的那一部分——尽管，在我看来，电影《罗生门》结尾时借助那个被遗弃的婴儿所涂抹的亮色，过于自以为是地，干扰了小说《竹林中》所投射出来的阴郁之光。

当然了，任何事情，孤立地打量都容易片面，都很像盲人摸象，假设有人认为我的证据链未能勾连得足够紧密，一定要把我提炼出来的"芥川现象"看成无本之木，我也不能就说人家是鸡蛋里边挑了骨头。我应该在理解质疑之余，去努力找出更多的论据，以加固夯牢我的论点。所以，现在，我很愿意变相地展演一回以子之矛攻子之盾，把一桩发生在九十多年前的、没有结论也不可能有结论的文学事件翻腾出来，请大家结合芥川那个"'情节'与'艺术价值'无关"的极端化观点来推测一下，"芥川现象"，又可能与什么无关抑或有关呢？

那场因芥川自杀而戛然终止了的文学事件，是发生在芥川龙之介与另一位小说大家谷崎润一郎之间的文学论争：关于"没有情节的小说"。重温日本文坛的这一掌故，我无意非此即彼地划线站队，一定去反对什么或赞同什么，判谁正确或断谁错误；况且，在"芥川要否定的'情节'与谷崎要肯定的'情节'之间"，其实"存在着微妙的不同"（柄谷行人语），如果允许我去那论争中发表意见，我倒很想当一个和事佬去和稀泥。所以，当我欲把芥川文章《文艺的，太文艺的了》里的一段话推荐给各位时，更愿意先一碗水端平地做个提醒：请一定别忘了也找出他的论敌谷崎的话，叨咕两遍琢磨一下——"情节的引人入胜，换句话说即事件的组合方式，结构的精彩诱人，以及建筑上的美学，这不能说没有艺术价值"——接下来，再去比对着厘清"情节"的外延及其内涵，并顺势也厘清"芥川现象"的内涵与外延。

没有像样情节的小说……是在所有小说中最接近诗,且比起被称为散文诗的诗来更接近于小说的。如果反复强调的话,我认为,这个没有"情节"的小说是最高妙的。若从"纯粹"这一点上来看,即不带通俗趣味这一点上来看,此乃最纯粹的小说。我们再次举绘画为例,可以说没有素描的画是不能成立的(康定斯基题为《即兴》的几幅画除外)。但是比起素描,把生命寄托在色彩里的画更容易成立。有幸得以渡海传到日本来的塞尚的画便清楚地证明了这一点。我对接近这种画的小说很感兴趣。

如此,我们的发现才容易全面而客观:不论"情节"与"艺术价值"是否有关,反正,那个看上去比"情节"与"艺术价值"更不搭边的"芥川现象",与"艺术价值"的千丝万缕已是割不断了。所以,我很想说,是想进一步说,即使不存在"罗生门"这一象征符号,对芥川龙之介,我也会"很感兴趣",因为构成"芥川现象"的一般材料,虽然表面看去,只是偶然性、撞大运、歪打正着的诗外工夫与无心插柳柳成荫的额外收益,但透过表面去观察内里,我们便不难看到,其间起到基石作用的核心材料,恰恰是艺术,是像"把生命寄托在色彩里"的绘画那样的,寄托了芥川全部欲求的"最高妙""最纯粹"的艺术——对了,小说家芥川同时也是画家吗?这我不知道,但他对绘画理解颇深,我却莫名地有所会心;他有一篇叫《地狱变》的小说专写绘事,其极端、残酷、决绝,与艺术的纯粹和生命的本能都息息相关，各位不妨找来看看。

　　这样说来，神秘的"芥川现象"或许也就不神秘了，那些我们借以勘察考据它的草蛇灰线，自然而然的，也便成了最能帮助我们顺利走通克里特迷宫的阿里阿德涅线团。那么，既然我们已经不再受困于迷宫而是找到了自由出入它的通途捷径，为了立竿见影地用好他山之石，我很希望，大家能接受我诚挚的歉意，允许蓄谋已久的我，可以挂一漏万地，把今天的讲座演变成对于"芥川现象"的拙劣戏仿：即，在"芥川龙之介的《罗生门》"这个主旨明确没有任何偷换概念余地的副标题下，对小说《罗生门》，仍然坚持着不置一词。

　　啊，太开心啦！我们今天玩了一个不出示谜底的猜谜游戏。

吴树文译《罗生门》　上海文艺出版社
1991年1月版《疑惑》

写什么和怎么写

博尔赫斯的《死人》

每当重读下面的文字,哪怕只是想到了它,我都没法不被一种并非因为掺杂了煽情元素才洋溢起来的浪漫诗意所陶醉和征服:

> 发现陀思妥耶夫斯基就像发现爱情、发现大海那样,是我们生活中一个值得纪念的日子。

这是博尔赫斯谈论陀思妥耶夫斯基时,写在一篇短文开头的文字。为了让今天的讲座能有个漂亮开头,我曾想过照猫画虎,也设计一句诗意的开场白,献给博尔赫斯这位一生嗜书如命却始终为眼疾所困直至目盲的阿根廷人。当然了,博尔赫斯能打动我,并非因为身残志坚,是他那种看待世界的角度与理解世界的方式——哦,不说这个,这个容易凌空蹈虚,还是应该厕身俗尘。那我就只说,他最魅惑我的地方,可能恰恰是他最易招人诟病的地方:作为一个含蓄并且羞怯的人,他却有着异常强烈的、几乎完全出之于孩子气的虚荣心理与游戏心态,就像美国导演希区柯克很喜欢在自己的电影里以侧脸或背影饰演路人甲或群众乙一样，博尔赫斯所热衷的，是掉书袋子，他特别喜欢半真半假地炫耀知识和装疯卖傻地显摆才学，然后，再通过他的博览群书和对那博览之书的指鹿为马与混淆视听与变废为宝与点石成金，带给读者，至少是带给我这个读者，几乎取之不尽的思想欢愉和智性慰藉。所以，现在，如果我把一句诗意的开场白奉献给他，天地良心，肯定也是由衷之言，绝不掺杂煽情的元素。但我又知道，不论我的浪漫念头多么真挚诚恳，也只应该留在心上，因为我的任何诗意，在博尔赫斯的诗意面前，都只是苍白的模仿与机械的抄袭，一如被他视为"淫荡"的镜子所复制的赝品。

小说家豪尔赫·路易斯·博尔赫斯的确是诗人，还首先是诗人，但除此之外在我看来，他全部的非韵文作品也都是诗歌。当然做这样的判断我不为暗示，他的诗歌高级于小说：对于二十世纪的世界文学来说，没有博尔赫斯的诗歌不缺少什么，但他那些独树一帜的短篇小说若不存在，我们的小说田园，则注定要少两分鲜活多一分贫瘠——真对不起，我采取对比猪拱嘴与牛腱子的方式谈论诗歌小说，不恭不敬不说，还不科学不文学。其实，我这么说话是想强调，有着最醒目的行文风格与言说模式的博尔赫斯小说，作为杂树乱草间的一抔锦簇花团，或者群芳竞艳中的半庹残藤废蔓，它独异的原创性有着难以估量的启示意义。

小说家李洱曾讲过一则逸事，他说上世纪八十年代，美籍学者李欧梵去他就读的大学讲演，有的同学提问时认为，刚刚发表的韩少功小说《爸爸爸》足以比肩《百年孤独》，问李欧梵对此有何看法。李欧梵没有犹豫地果断答道：不，它们不能相提并论，除非后者是受前者的影响写出来的。这一句回答意涵丰富，等于一语把艺术这一创造性劳动的本质给道破了，同时，也从另一个角度，巧妙地回答了另一个问题：这个世界上，何以在有了博尔赫斯的小说之后，还需要刁斗的或其他各类人等的小说继续面世。

宇宙的大道世界的铁律，从来都不喜欢单调，不喜欢任何意义上的千人一面与万众一心；万紫千红才有生机，千姿百态才有美感。小说同理，唯有让它样貌繁杂与魂魄迥异，身为读者的我们才算有福，才能既享受到见异思迁的刺激，又体验到喜新却不厌旧的圆满。我就是个有福的读者，几十年里，接受过各式小说的哺育滋养，假设现在让我为不同风格的代表性短篇及其作者列一个榜单，我估计，不借助辞书或者网络，我也做得到信手拈来：比如，我们这个系列讲座此前涉及到的霍桑与莫泊桑，他们的《韦克菲尔德》与《羊脂球》，作为必读之作就当之无愧；而我们这个系列讲座没打算涉及的某些作家，像尼古拉·瓦西里耶维奇·果戈理或威廉·福克纳，像托马斯·伯恩哈德或迪诺·布扎蒂或鲍里斯·维昂，对他们的《外套》与《献给艾米莉的一朵玫瑰》，以及《声音模仿者》那种集锦段子与《七信使》与《回忆》，我同样觉得，为之花去多少研读的时间也都值得。可是，如果你已经知道，我最看重的短篇大师是契诃夫、卡夫卡和博尔赫斯，然后你问我，他们仨最有资格上"代表"榜的，应该分别是哪篇呢？或许，倒会让我张口结舌。

对于他们仨，契诃夫、卡夫卡和博尔赫斯，即使你每人给我五篇甚至十篇取舍的名额，我挑拣时仍会举棋不定，以至于经过百般犹豫，我只能顾左右而言他地改变话题，去评价他们也曾染指的长篇幅小说：契诃夫的《草原》太惊艳了，而卡夫卡的《审判》和《城堡》，尽管同为未竟之作，但都称得上是空谷足音，至于博尔赫斯——哈，这个拒绝乃至厌恶写作长篇幅小说的诗人小说家，在哲学思想文学理念上，一直让我受益匪浅，可在看待小说篇幅长短的短长时，却是我的美学敌人；然而，也正因为在这一问题上我们长期意见相左，为了说服他，我反倒积累了许多"言他"的经验，这使我每每判断他时，都特别敢于固执己见：他那些既复杂多元又浑然一体的小说、诗歌、随笔、谈话……完全就是一部整饬的长河小说，以不拘体例的后现代主义风采引我入胜。是的，博尔赫斯这部后现代主义的长河小说，故事枝蔓但结构严谨，情节诡异却主题鲜明，它的背景，是虚无的宇宙和虚有的时间，它的角色，是有形的图书和无形的梦幻，它用怀疑主义和不可知论铺设轨道，开辟了叙事艺术的新的方向，让每一段每一节甚至每一个字，都既是小说的开始，又是小说的结束……

我很愿意以《迷宫》为它命名。

没错，这部名为《迷宫》的迷宫式小说，也常常受到"形式大于内容"的指摘批评；可在我看来，这种泛泛之论言不及义，多半只是语词的空转。形式与内容，从来都不是两个东西，如果偏要人为地割裂它们对立它们，那最好的结局，也是买椟还珠或得鱼忘筌。虽然代表"怎么写"的永远都是"写什么"，但成就"写什么"的，又必然和只能是"怎么写"，这在博尔赫斯诞生之前，就已经是得到了普及的文学常识。

我倒同意，有人因另一缘故对博尔赫斯有所保留：他叙述特点太鲜明了，以至于，至少在外观上、在仪态上、在装饰点缀上，易于后来者效法借鉴；可任何东西，只要方便依葫芦画瓢，其优秀的程度就难免打折——肯定的，让博尔赫斯这么代人受过有欠公允，但没办法，艺术要的就是"唯一"，而这个"唯一"，除了要求你自身独一无二，也还要求你这个开创者，能把那些街灯耀眼路牌明晰的畅通坦途，尽量为后来人堵死封住。固然，这后一项要求是过分的苛责，可对博尔赫斯，难道最大的尊敬不是苛责吗？

继续苛责。

我相信，在全世界，博尔赫斯拥趸众多，这他自己一定清楚，甚至有时因为自恋，想象着自己那四射的魅力，他都会不惜牺牲绅士的风度，掩上门关上窗，对着镜子偷扮鬼脸——遗憾的是，越来越目盲的他，也越来越看不清自己那松动了节制的得意之色，于是，他只能蛮不讲理地把怨气撒给镜子，一而再再而三地说镜子坏话。

呵呵，这一切都出之于我的想象，我并不知道，他是否真因为自己有着迷人的聪慧而得意扬扬，或者，他敌视镜子究竟原因何在。我只知道，他这个只满足于"为了我自己和我的朋友们"、"为了让光阴的流逝使我心安"而写作的迷宫制作匠与时间拆装工，实在是太缺少为普罗大众、为广大工农商学兵服务的热情与兴趣了，其具体表现是，他那颗睿智头脑里的各种奇思妙想，从来都不肯花在为"典型环境"或"典型人物"服务的"好看故事"上，而是奢侈甚至浪费地，以众多的稀奇古怪与凤毛麟角，去装点修饰相同或者相近的主题。比如吧，关于死亡，他就在许多作品里，都有过磨磨叽叽的反复絮叨，光我手头这本王央乐翻译的《博尔赫斯短篇小说集》，不算《玫瑰色街角的人》或《爱玛·聪茨》那种以死亡为骨干情节的篇什，仅仅标题带"死"字的，就多达六篇：《死亡和罗盘》《不死的人》《另一种死亡》《死在迷宫里的阿本哈根·埃尔·包哈里》《死人的对话》，以及我今天将推荐给大家的这篇《死人》——顺便解释一句，我并没认为，这种"死"字泛滥的原因在于，西班牙语与汉语都词汇呆板或者贫乏。事实上，博尔赫斯这种螺蛳壳里做道场，高标准严要求地拈着一颗钻石反复打磨的特点，是他魅惑我的另一个地方。

博尔赫斯喜欢打磨的"钻石"有好几颗，我们前边曾经提过：迷宫、镜子、书、梦……当然，也包括"死"。可比之于前述几样，这个万劫不复的"死"，其公器的性质又太明显，无论如何，也算不上博尔赫斯的独家秘笈。在古往今来的文学家里，几乎没有谁不喜欢对它反复把玩，久而久之，它便和另一颗同样个头大硬度强色泽好又有着"爱"这样一个动听名字的"钻石"一道，被镌刻成了文学的永恒主题——乱批一句，在博尔赫斯笔下，一向少有爱的表达，有人说这与他的性爱生活匮乏有关。可我觉得，这么推论失之草率，也嫌肤浅。博尔赫斯写了大量的杀人故事，我们能说，这都是因为他屠戮的经历太丰富吗？爱是情绪化的感性活动，是心灵麻醉剂，容易让人神志迷乱；但终生喜欢智力游戏的博尔赫斯，却几乎永远冷静清醒，尤其面对文字时，哪怕只应景书写三行五行，他最热衷的也是制谜与解谜，而对谜题的炮制和破解，最离不开的偏偏是理性。如是，博尔赫斯越是异禀突出天赋过人，便越难违拗天意的规定，对于爱与死这对文学的永恒主题，他便只能享用其中的二分之一。

对，二分之一，两个强悍的男人也是"二"，但丛林法则亘古如此：主子只有一个，一山不容二虎，倘若两人同等强悍，那么，一胜一败，一存一亡，一死一生，便会必然地决出个"一"来。

在处理《死人》这个一目了然的"二分之一"故事时，博尔赫斯所冒的风险也一目了然。本哈明·奥塔洛拉与阿塞维多·邦德拉的斗智斗勇，与老猴王击退篡权者或新狮王摇身成领袖的"动物世界"传奇完全走向一致，似乎出自相同的原型。这种主题，当然也可以精彩漂亮，但一般来讲，也仅此而已，不大可能再伸展出特别的枝桠。可我们要求博尔赫斯，光精彩漂亮是要算失败的，若想得分过及格线，还必须既新颖我们的耳目，又别致我们的思想。

始终受到小说正面关注的奥塔洛拉，因身负命案漂泊异乡，他天生"胆大包天"，仅仅"冒险的味道就足以把他吸引"，而且他又有着"宁愿一切都靠自己"的倔强个性与顽强意志，这样，很快，在那个收留了他的暴力团伙，他便成了骨干成员：他乘械斗之机暂时取代老大邦德拉发号施令，又公开骑邦德拉的骏马和偷偷睡邦德拉的女人，还越来越具体地迫切地觊觎老大的权力高位。而一直隐身于小说的犄角旮旯，只能通过缩手缩脚和探头探脑与读者打招呼的老大邦德拉，虽然控制着繁多的走私买卖，支配着无数的效命打手，是个"面对任何男子汉气概……总是更有气概"的厉害角色，但在流逝的岁月面前，他的"白发，倦容，虚弱，伤疤"，还是把他的颓势暴露了出来，而他那些威慑他人的"魔鬼般的手段"，也一点点地不好使了，于是，乖乖地让位给已经开始收买人心拉帮结伙的奥塔洛拉，似乎成了他唯一的也是必然的选择。后边的故事毋须赘言，当然需要别开生面，正当读者以为奥塔洛拉可以轻易得手时，老谋深算的邦德拉却先出手了，奥塔洛拉还未及反应，就被他自以为已笼络成死党的苏亚雷斯结果了性命："苏亚雷斯几乎是轻蔑地对他开了枪"。

但是，小说没完。如果小说就这么约定俗成地在这个约定俗成的关节点上停止下来，那么，基于我们对博尔赫斯的严苛要求，他的得分是难及格的。这小说的有意思处，恰好在于在这个关节点上，它倏然之间的易容变脸。易容变脸前，它出示的面孔庸常普泛，可倏然之后，在读者眼里，就呈现出了另一副面目。也就是说，面对旧貌，在读者心头，不过尔尔的感觉刚一涌起，博尔赫斯便像个手脚利落的魔术师那样，把手中红布灵巧地一抖，就让一张完全出人意料的新鲜面孔，出现在了读者惊讶的尖叫声中。

那张新鲜的面孔是抽象的，但它的主体，那只硕大的、确定的、足以洞幽烛微的深邃的眼睛，又明晰得让人很容易就认得出来，并且，在认出之后还能辨得清楚，能发现，它既是肉的也是灵的，既在人脸上也在万物中，而它的实，仿佛建立在虚之上，它单纯的一，则似乎由纷繁的多叠加而成……这还没完，接下来我们还能知晓，这张被画龙点睛过的抽象的脸，对我们来说并不陌生，它不仅是继续稳操胜券的邦德拉的，也是诸如苏亚雷斯那种表面上归顺了奥塔洛拉而实际上仍忠实于邦德拉的党羽看客的，又是那个以各种方式兴风作浪的丛林法则的，还是那个因经常缺少约束而总是难以抑制地一放纵起来便没收没管一贪婪起来就无尽无休的人性欲望的，同时，也是并更是我们每个读者的……至于那个不知深浅的、自以为是的、得寸进尺的奥塔洛拉，则是这张脸上，那只几近层峦叠嶂的眼睛里边，一个貌似强悍实则可怜的通体透明的跳梁小丑：作为权力的觊觎者和牺牲品，在他还生龙活虎地展示自我时，还忠心耿耿地建功立业时，还志得意满地憧憬明天时，就已然失去了退却之路，而成了一个注定的死人——

奥塔洛拉到临死的时候明白了，从一开始，他们就出卖了他，他已经被判处了死刑。他们给他女人，让他指挥，使他胜利，都是因为已经把他处死，因为邦德拉早就把他当作一个死人了。

与博尔赫斯众多的标志性作品相比，这篇《死人》有大路货之嫌，不宜于彰显他的风格。但我还是把它推荐给大家，理由计有主次两条：次要的一条是，这个故事有日常性，通俗易懂便于转述；而主要的一条，则是我愿意相信，如果大家接受我建议，把它和另一篇同样描写死亡的、掺兑了不少中国元素的、比较典型的博式小说《花园》参照着阅读，所获的收益，很有可能，会如同一加上一却比五还大——

对不起，听我这么说，会有博迷提抗议了，指出博尔赫斯的小说领地里，并未坐落着一座《花园》。是的，"花园"，它只是我赋予那篇小说的浑名代号，而那篇小说的学名大号，在汉语世界里，则有两个乃至三个，由于我更愿意一视同仁地理解和接受它们的各有短长，便会觉得，单独使用其中的哪个都容易伤及其他，甚至对我三十多年的读博历史都是背叛。唉，真为难呀，该舍弃发小般熟稔的《交叉小径的花园》呢，还是把科学般规范的《小径分岔的花园》或《曲径分岔的花园》给舍弃掉？

《花园》的故事既"交叉"又"分岔"，每每为之"复盘"，面对它那纠葛缠绕的千头万绪，我总忍不住像它里边的一个背景人物崔朋那样，"同时地——选择了一切"，所以对它，我只能在思维中慢慢咀嚼，而没法在口头上评头品足。但今天的情况不同以往，作为讲座的主讲，我无从置喙也得开口，所以，我决定避重就轻地只说一点，即提请各位设想一下，那个倒霉的、"不比歌德差"的、只因名字里含有"阿尔贝"这个城市名称就得送命的英国人，是不是早就死了，是不是在小说主人公俞琛杀死他之前，在俞琛从电话簿上，看到了"史蒂芬·阿尔贝"这个名字的那一刹那，他便已经成了死人？

显然，阿尔贝与奥塔洛拉一样，都是一个悲剧性未来的提前拥有者，尽管，他们只是被动地预签了死亡订单，并且还无辜得比窦娥更冤——尤其那个博学的中国通阿尔贝。是的，我们每个人的终局都是死亡，在这个意义上，我们也都是阿尔贝与奥塔洛拉。但本质上的我们与他们，至少绝大部分的我们与他们，似乎又不应同日而语：我们只接受自然的选择，即使生命将终结在下一分钟，那这一分钟，由于自然的不确定和不可测，至少理论上，我们也还拥有自由和希望，而死亡仍是遥远的景观；他们则不然，有权生杀予夺他们的都是具体因素，冥冥中与他们利害攸关，而这种力量是如此强大，都能让随机和无常的死亡变得可控和有序，这样，即使死亡还遥不可及，却仿佛也已是令人悲伤和绝望的切近事实。

我们不妨把伊甸园里那个"人之初"的故事重温一遍。最初，耶和华阻止亚当夏娃食用善恶树上那诱人的果子，曾以吃了"必定死"作为理由。但夏娃亚当吃了以后，却还活着，仿佛这一桥段只为证明，大嘴巴的上帝也说话没谱。当然不是这样，因为这里的"死"，并不是指肉身的马上终结，而是指我们人类，不论愿意与否，不论觉得好还是坏，都得从时间之外的伊甸园，被驱赶到时间之内的人世间，并从此，只把痛苦而又徒劳地挣扎在死亡那或长或短的拘禁之中作为归宿。这真可怕。好在，我的分析似乎能证明：阿尔贝与奥塔洛拉不论出于自觉还是被动，都等于受到了上帝的诅咒；而我们大部分人，则相当于并未食用那智慧的果子，因此，不会被那诅咒剥夺掉我们享有的治外法权。

但可惜的是，把上面的推理伪装成逻辑结论，这只是我为了请君进入思想之瓮所玩的花招，我以它训练脑筋急转弯，并非为了归纳出下面的警世通言：建立人际关系时，要尽量避免像奥塔洛拉那样卖身依附，而身处世界中，又要尽量避免遭逢阿尔贝所身陷的那种疯狂乱局。若我就这么按电视台"百家讲坛"的配比标准调制安魂迷药，恐怕博尔赫斯脾气再好，也会气得蹦出坟墓，再效仿卡夫卡重立遗嘱，要求毁掉自己的作品。确实，在人身依附式的人际关系网络中，不论依附者多么杰出优秀，其奴才或者工具的地位也很难动摇，而只要他摆脱不掉奴才或者工具的身份紧箍，即使没想抢班夺权，连二心都没生，他也必须"提前死去"，甚至越杰出越优秀，他越会确切地和可预见地，成为死亡瞄准镜追踪的重点目标，所谓兔死狗烹、卸磨杀驴吧。同样，乱世中的命运更荒诞不经，固然，孔子曾主张"危邦不入，乱邦不居"，可绝大多数的平头百姓，又什么时候有过资格去憧憬安全向往规范呢？他们即使比阿尔贝更命不当绝，也不可能得到任何弃"危"取"安全"避"乱"就"规范"的选择余地，而只能乖乖地，等待死神的召唤或者不召唤。

不过，博尔赫斯想说的不是这些，至少不止于这些。当我们意识到，他的叙述，始终比射向奥塔洛拉与阿尔贝的子弹更冷漠时，我们就应该也能看到，在他因眼睛失明而愈发透亮的那颗心里，其实我们，包括他自己，与奥塔洛拉和阿尔贝并无两样，虽然彼此间的案由和命数可能南辕北辙，可能大相径庭，但同样作为时间的囚徒，我们必须在同一间由当下替未来把守的死牢里，备尝焦虑的蹂躏煎熬。何时处决已不重要，重要的是，早在死前就"已经"被"处死了"的那种感觉、那种想象、那种预知的经验与前设的结局、那种无力无奈又无助无解的惶惑不安……实在是特别的博尔赫斯。对此，博尔赫斯是这样请"死人"阿尔贝为他代言的——哦，我可能有点无聊，有点淘气，有点居心不良地惹是生非，但无论如何，我就是觉得只有以如下方式征引阿尔贝语录，才能洞开窗棂一角，将汉语世界里我游历过的三座博尔赫斯牌"花园"，窥斑见豹地呈现给各位：

> "您的祖先跟牛顿和叔本华不同，他不相信时间的一致，时间的绝对。他相信时间的无限连续，相信正在扩展着、正在变化着的分散、集中、平行的时间的网。这张时间的网，

它的网线互相接近,交叉,隔断,或者几个世纪各不相干,包含了一切的可能性。我们并不存在于这种时间的大多数里;在某一些里,您存在,而我不存在;在另一些里,我存在,而您不存在;在再一些里,您我都存在。在这一个时间里,我得到了一个好机缘,所以您来到了我的这所房子;在另一个时间里,您走过花园,会发现我死了;在再一个时间里,我说了同样这些话,然而我却是个错误,是个幽魂。"

……

"时间是永远交叉着的,直到无可数计的将来。在其中的一个交叉里,我是您的敌人。"

——《交叉小径的花园》

"与牛顿和叔本华不同,您的祖先不相信单一、绝对的时间,认为存在着无限的时间系列,存在着一张分离、汇合、平行的种种时间织成的、急遽扩张的网。这张各种时间的互相接近、分岔、相交或长期不相干的网,它包含着全部的可能性。这些时间的大部分,我们是不存在的;有些时间,您存在而我不存在。这段时间里,给我提供了一个偶然的良机,您来到我的家;在另一段时间里,您穿过花园以后发现我已经死了;在另一段时间里,我说着同样的这些话,可我是个失误,是个幽灵。"

……

"时间总是不间断地分岔为无数个未来。在其中一个未来里,我与您是敌对的。"

——《曲径分岔的花园》

"您的祖先和牛顿、叔本华不同的地方是他认为时间没有同一性和绝对性。他认为时间有无数系列,背离的、汇合的和平行的时间织成一张不断增长、错综复杂的网。由互相靠拢、分歧、交错,或者永远互不干扰的时间织成的网络包含了所有的可能性。在大部分时间里,我们并不存在;在某些时间,有你而没有我;在另一些时间,有我而没有你;再有一些时间,你我都存在。目前这个时刻,偶然的机会使您光临舍间;在另一个时刻,您穿过花园,发现我已死去;再在另一个时刻,我说着目前所说的话,不过我是个错误,是个幽灵。"

……

"时间永远分岔,通向无数的将来。在将来的某个时刻,我可以成为您的敌人。"

——《小径分岔的花园》

那——与我敌对的,或者说我的敌人又是谁呢?又有谁,是我们共同的敌对者,是我们所有人终极的敌人?

反正,在我看来,如果说时间是人类焦虑的根源,那么,博尔赫斯就是我们对抗焦虑的解毒剂之一种,也许还是最对症的那种。

王央乐译《死人》 上海文艺出版社
1983 年 6 月版《博尔赫斯短篇小说集》

"长篇插曲":节外生枝偏婀娜

贡布罗维奇的《孩子气十足的菲利贝尔特》

坦白地说，在这一讲，我选择把维托尔德·贡布罗维奇的《孩子气十足的菲利贝尔特》这个"长篇插曲"介绍给大家，不是特别理直气壮，自己都觉得，它很像一个支应的幌子，而幌子下边我贩卖了私货。当然了，我以自黑的口吻论及的私货，也不是什么龌龊的东西，上不得台面见不得人；只是对我们讲座的主旨来说，这私货的存在，会让我这一讲的动机不那么纯粹，其出发点，有欠单一以及专一。这么说吧，某种意义上，我将波兰语引入今天的讲座，为的更是音乐家弗雷德里克·肖邦和诗人切斯瓦夫·米沃什，我是想通过我的方式，向他俩所承载的我心中的寄托请安致敬——哦，我这么一番东拉西扯，有点乱套，像制造混乱，顶好也是在以乱治乱。这不行。那我就还是按部就班地踩着节奏，一句一句地，对我上边的说明做个说明。

不知大家留意过没有，我们这个已进行到第七回的"短篇长读"系列讲座，每一讲的作品以及作家，都出之于不同的语种——至于国别，虽然也不一样，但你只要稍加判断，就看得明白，那显然不是我关注的焦点。也就是说，我这个只能读翻译作品、在任何外语面前都文盲的小说读者，却对语言这一制作小说的基础性材料兴味特殊，所以，每一讲里，我的主角，都会有一个语种的背景：俄语的契诃夫、法语的莫泊桑、英语的霍桑、德语的卡夫卡、日语的芥川龙之介、西班牙语的博尔赫斯……然后，除了今天贡布罗维奇的波兰语，在下一讲和下下一讲，我还将和各位一起聆听莫拉维亚的意大利语和克里玛的捷克语。我意思是，假设我的讲座只做九次，我那粉墨登场的九位同行，所代表的创作语言将没有雷同。事实上，我原来的讲座计划，也的确是九讲，基于某些我自己也说不明白的原因理由，我一直喜欢九这个数字，此外，对其他奇数，我的喜欢也胜于偶数。听到这里，可能有人要问我了，依我前边做的介绍，我这九次讲座里已经出现的卡夫卡和即将出现的克里玛，居住的可是同一座城市，难道，就因为后者小了四十八岁，他们就得成陌路吗？

　　问得好。这还的确是个问题，还真需要啰嗦几句。

　　欧洲历史的沿革演变，与多数情况下，中国历史那种单纯的周而复始的改朝换代是不一样的，即使到了当代，比如吧，围绕苏联这一政体所出现的万众归心与众叛亲离，就仍然还有着麻麻烦烦当然也可以清清爽爽的分化重组现象间或出现，而这导致的结果之一，便是在他们那里，国家的概念有淡化模糊之嫌。像写出了《铁皮鼓》的诺贝尔文学奖获得者君特·格拉斯，他那现名格但斯克的出生地但泽，就曾经一会归德国一会归波兰，一会又作为自由邦归国联代管，而同样获得过诺贝尔文学奖的斯维特兰娜·阿列克西耶维奇，如果需要按国别收藏她的作品，那她早几年的《锌皮娃娃兵》将在苏联归档，而晚几年的《二手时间》，所有者则要属于白俄罗斯。所以，卡夫卡与克里玛虽然都生长在布拉格，又同为犹太人，但还真就不能混为一谈，只是，他们之间的刚性分野，不在于他曾先后为奥匈帝国和捷克斯洛伐克共和国的臣民，他则先后是捷克斯洛伐克共和国和捷克斯洛伐克社会主义共和国和捷克共和国的百姓，而在于，他们分别以德语与捷克语写作小说——我们以前提到过的"好兵帅克"之父哈谢克，与卡夫卡的泾渭之别也是这个。欧洲作家里，在这方面最典型的，应该是我以前曾顺嘴提到过的布鲁诺·舒尔茨，此公的身份属地问题，居然到他死后多年还纠缠不清。最早，他出生的东欧小镇德罗霍贝奇隶属于奥匈帝国，而当时受到普鲁士、俄罗斯和奥匈帝国瓜分的波兰是不存在的，之后，波兰第二共和国建立起来，德罗霍贝奇受其管辖，可二战时期，这里又要身不由己地面对德国纳粹与苏联红军的反复抢夺轮番蹂躏，直至落入苏联之手，然后，又过了多年苏联解体，它最终被纳入的是乌克兰版图。那么，舒尔茨到底算哪国人呢？这恐怕连他自己也说不清楚——假如他能活到今天，他自己知道的，只是始终不渝地把波兰语作为母语，而我们知道的，则是他以他的全部小说，为文学添加了光彩与荣耀。

从一般的意义上讲，小说是语言的艺术，小说首先应该服务于语言，唯有语言，或者说唯有母语，对于写作者来说，才最有资格既物质化地标识身份，又精神化地成为存在之家。我不否认，也有些人情况特殊，比如曾以英语创作了长篇小说《洛丽塔》的纳博科夫和以法语创作了话剧《等待戈多》的贝克特，在漫长的写作历史中，也分别创作过大量俄语作品英语作品。对此没必要斤斤计较，应该认同的是，在他们那里，两种语言都算母语，这就好比，光绪皇帝既有生母婉贞，又有慈禧这个著名的养母。

可谈论语言，我却扯出了肖邦和米沃什，这么上挂下连又为什么呢？难道分别作为长住西欧和后来干脆入籍美国的波兰人，他俩的母语很特殊吗？

最初，我为九种语言选择作者和作品时，只单纯借助了记忆的提醒，如果也遵循过什么标准，那唯一的标准，便是某篇在我头脑里烙印深刻的小说有可能生成出来的文学话题，除了能勾起我比较强烈的言说兴趣，还应该尽量地，少被他人甚至未被他人给予过关注——注意，我说的是"文学话题"，而非某一篇具体作品。这样的选择略嫌刁钻，好像也麻烦，但实际上并不困难。虽然在小说欣赏上，我的理性不接受大语种沙文主义，却也没法否认，可圈可点的英语法语德语俄语作品，的确俯拾即是比比皆是，即使在稍逊一筹的西班牙语意大利语以及捷克语日语里，可评可议者也不难搜寻——当然我的意思，不是说这八种语言之外的作品就不值得看，我所说的"可圈可点"和"可评可议"，只是指，它们中，恰好纳入我视野的那部分里，有许多都方便我拔茅连茹或顺藤摸瓜；我也愿意相信，很有可能，在马来语孟加拉语斯瓦希里语里，并不缺少能够创造文学话题的小说适合我"圈点"与"评议"，但我没缘分读到它们，自然也就无福把玩。不过我一直认为，几十年来，中国改革开放最有价值的文化收获，就是译介了包括文学在内的大量世界各国的人文著作，所以，如若哪个小语种的杰出短篇成了汉语翻译的遗珠之憾，我也并不担心，那就会影响到我们对

贡布罗维奇的《孩子气十足的菲利贝尔特》

整个文学世界的理解与判断。

好啦，至此，算是铺好了轨道架好了阶梯，我们可以登堂入室了，去贡布罗维奇的小说世界里游览观瞻——哦，《孩子气十足的菲利贝尔特》标题太长，以后，我将只以《菲利贝尔特》简略地称它。

在我印象中，波兰语提供过很多好的文学，尽管，贡布罗维奇批评它缺少规则和准确性，而米沃什指责它匮乏哲学的表达形式，难以支持智力交流。但近百年来，光诺贝尔文学奖得主它就贡献了四位，并且，还哺育了像康拉德或辛格这样重要的作家——虽然后来，他们分别成了英国人美国人，又分别只以英语意第绪语写作小说；可是，由于他们分别在成年以后的近二十岁和三十出头才离开波兰，因而，波兰语便不可能不也是他们的重要养分，这样的事实，又足以从文化基因方面，说明某些微妙的问题。

但是，当初我草拟讲座名单时，在迅速把其他八个语种敲定以后，并没让波兰语轻易进入九强，其理由是，在我视野里，最理想的波兰语短篇小说的代表作品，更应该出自那个其经历和小说都话题性很强的布鲁诺·舒尔茨之手。可经过考量我又觉得，舒尔茨小说那种完全彻底的主观化色彩与内趋式表达，似乎更适合一个高度敏感之人暗夜枯灯中的独自感受，而发布时尚新品般地集体围观，恐怕很难尽现其妙。于是，一度，我曾想把九次讲座缩减为八次，毕竟，像我这种不把"八"奉为吉兆的人只是少数，喜欢"八"的则人多势众。但恰在这时，我脑海里，就如同有乐音回旋或诗句抑扬那样，连绵接踵地，出现了肖邦与米沃什为他们的母语游说说项的音容

"长篇插曲"：节外生枝偏婀娜

笑貌，而他们的面子，我不好不给……

其实，对肖邦我没有太多的感觉，想到他也与音乐无关，有关系的，只是我对春心初萌时无比喜爱的法国女作家乔治·桑的一切一切都念念不忘，比如，几十年里，我一直坚持把她"休息宜少享受宜简"的生活戒律置于座右，都不介意别人笑话我幼稚病小儿科；同样的，我想到米沃什也不为诗歌，而为的是他的散文作品《被禁锢的头脑》，这部致力于思想阐释的独特文本，不论被别人视为随笔长卷还是小说合集，在我看来，都既是超越时空的卜辞谶语，又是灵魂裂变的畸图异像，还是我自童年开始，不管乐意与否，总要既心怀恐惧又兼有好奇地反复观看反复揣摩的人性表演，它以一种一剑封喉的准确，真实地写出了我父兄辈的、我这辈的、甚至我子侄辈的已经创造出来的或即将创造出来的人格的卑污与人心的黑暗以及人这一物种的无以救赎，更提前写出了我个人的、需要我不断以余生的理性认知作为涂改液去修订校正的生命自传。

我倾向于认为，每个人，都有一部先定的生命自传，哪怕他对那自传一无所知或并不认同；但同时，对每个人来说，只要他还没被这世界盖棺论定，他那部貌似不依个人意志为转移的确凿之书，就也有机会有可能得到修订校正，区别只是，那修正它们的涂改液，在每个人那里，又可以原料有别材质不同。

前边我说过，为修正米沃什冷酷地揭示出来的我的命运，我愿意以理性的认知为涂改液，通过内省，去纠偏我的人生轨迹，争取让米沃什这位通过镜鉴他的同胞而对我做出暗示性估量的先知诗人的预言落空；可我的同行，诞生自贡布罗维奇笔下，也像我一样总心绪茫然满腹困惑的波兰小说家尤瑟夫，所身不由己地被动选择的涂改液，则并非内服而系外敷：他不再以三十岁的成年人的身份立身行事，而是摇身一变，重为十几岁的蒙昧学子，浑浑噩噩却也不屈不挠地，抗争在一种换汤不换药的惯性之中。

我心里明白，什么事也不会发生，什么变化都不会出现，无论什么事永远也不会到来，无论想干什么都干不成，无论想采取什么步骤都是徒劳。这是一种非存在的畏惧，非生存的恐怖，非生命的不安，非现实的忧虑……我似乎觉得我的躯体不是统一的，觉得某些部分还是小男孩，觉得我的头脑在挖苦和讥讽我的小腿，小腿也在挖苦和讥讽头脑；我觉得手指在嘲弄心脏，心脏在嘲弄大脑，鼻子在嘲弄眼睛，眼睛在嘲弄鼻子，在咯咯笑……我在清醒时跟在梦中一样，都是不定型的，分裂的。前不久我已迈出了决定性的一步，过了不可避免的三十岁生日，过了一座里程碑……

然而，这时，他昔日的老师，一位"站在捍卫文化价值的立场上"的博士和教授塔·平科出现了——

我痉挛着，花了老大的力气试图站立起来，然而正是在这个关头，他突然从夹鼻眼镜下面宽容地瞥了我一眼——我立马就变小了，脚变成了小脚丫，手变成了小手儿，人变成了小人儿，整个身心都变小了，作品也变成了小小不然的习作，就连躯体也都缩小了。

哈，这样一种重打鼓另开张式的"涂改"，对小说之外的人来说，比如我，可实在是望尘莫及。

当然了，我想说的，又并非所谓"涂改液"的"内服"与"外敷"怎样才有效的问题——我也没资格判断这个。我通过直观简明地比较我与尤瑟夫迥然不同的"涂改"方式，只是希望，在座的各位可以循此线索，能对贡布罗维奇的长篇小说《费尔迪杜凯》那种离奇荒诞的基本故事气息，对"费尔迪杜凯"这一生造单词所携带的发明者自况的"反传统、反媚俗"的大致美学取向与价值含义，多少有个轮廓性把握。这样，才能比较容易理解我前边提到《菲利贝尔特》时，为什么使用了"长篇插曲"这一说法：在二十二万汉字译文的《费尔迪杜凯》里，有两组四段毫无来由的节外生枝——其中一段，便是《菲利贝尔特》这个不足两千五百汉字的独立篇章——几乎有点大言不惭地，游离在了小说正常的叙述路径之外……

什么什么，没走嘴吧，"小说正常的叙述路径"？

不好意思，其实，这几个字我一说出口，心就虚了，对于行文信马由缰情节荒诞不经的《费尔迪杜凯》来说，又有什么算"正常"呢？若以是否"正常"去衡量它，那出发点先就不正常了。贡布罗维奇向来坚信，"写作就是艺术家为了自己的个性和荣誉跟大众进行的一场战斗"，而他以《费尔迪杜凯》昭告世人的核心意思，就是审美的尺度不必刻板，评判的标准允许颠覆，如此，将特立独行的《菲利贝尔特》从本身即没有规矩不守纪律的《费尔迪杜凯》里抽离出来，把它视为与宿主无关的自主生成的寄生者，或许倒更合情合理。

记得当年，我匆匆溜过《费尔迪杜凯》，很快就忘了它都说些什么，可它增生出来的四节"插曲"，即彼此遥相呼应的两段"前言"以及《孩子气十足的菲利陀尔》和《孩子气十足的菲利贝尔特》这两段独立的故事，却轻松占据了我的记忆，而且好多年里，还会间或地，让我一想起它们就忍俊不禁。例如这篇画面感极强的《菲利贝尔特》，每次重温，都让我身不由己地就能身临其境于某个晴朗的下午，来到巴黎拉辛俱乐部网球锦标赛的比赛现场，面对种种似乎没有头绪又意旨隐约的荒唐事件，先惊愕甚至厌烦地溜边观看，然后，便"借助别人的酵母膨胀"起来，放肆地参与到那些孩子气或者非孩子气的不乏恶毒恶意的恶作剧中：开枪射击网球、随意扇人嘴巴、作为绅士骑上女人的脖颈、作为淑女驮着男人满场飞奔、为显示血统高贵而把妻子贡献出来任人侮辱、因受到惊吓而在众人脚下早产出哭啼的婴儿……并因为这一切，接受赛场上一阵阵"雷鸣般的掌声"的鼓励或嘲弄。

"紧张热烈"的网球赛场何以会失控，乃至于要上演一出把众多观众裹挟进来的荒唐闹剧？而"高贵血统"的菲利贝尔特侯爵又何以会鬼迷心窍，像个没有深浅不识好赖的小屁孩那样，生生把一个"坚定果敢"的自己贬损成一个可笑的丑角？对此贡布罗维奇没有解释，一如卡夫卡不解释格里高尔为什么变成甲虫（《变形记》），霍桑不解释韦克菲尔德为什么离家出走（《韦克菲尔德》），博尔赫斯不解释"我"与"博尔赫斯"为什么不是同一个人，而"以上的话"，又究竟出自他俩谁的手笔（《博尔赫斯和我》）……但他们有权"反对阐释"（苏姗·桑塔格语），我行事的信条，却不应该是"对于不能谈论的东西必须保持沉默"（路德维希·维特根斯坦语），因为此时此刻，我们各司着不同的职责：他们只管创作就行，我的活计则是解剖分析——不过，我与他们又终归是同类，所以做解析时，我也依循小说笔法，就不应该算违纪犯规，况且，以前谈论芥川龙之介时我这么干过，自以为还算效果不错。那现在，我就再如法炮制一回吧。只是当初，为解析"芥川现象"，我讲述的两则半小故事里也有我的个人经验掺杂其间，而下面我欲一笔带过的种种信息，除了没什么故事元素，还一丝一毫都与我无涉，它们只是提纲挈领地，撮要一下几位经历特殊的波兰人的特殊经历：

——著名的肖邦与著名的乔治·桑，虽然始终小有龃龉，却也共同生活了将近八年，并且前者的许多重要作品，都创作于那八年之中，就此，谁都不该轻易否认，是与桑妇人的恋爱生活，滋养了肖邦的灵感与激情。可有些人，尤其是有些思维怪诞的"直男"看客，总喜欢拿两个孩子的母亲长肖邦六岁且感情经历更为花哨大做文章，甚至荒谬地，把两性的欢愉与思乡爱国对立起来，从不同的角度做出暗示，是无情无义的法国女文豪的精神折磨，导致了爱祖国爱艺术的波兰病天才的英年早夭。

——而另一位出处参差的波兰病天才舒尔茨，即使对恋人精神的或肉体的折磨都持欢迎态度，其爱情生活，也短暂得令人唏嘘，当然他的最大不幸是身为犹太人，只因夜间上街行走，就稀里糊涂地在纳粹枪下成了冤魂。但这位在绘画上也天赋极高的中学教员，不幸之中也有侥幸，那就是，他喃喃自语出来的那路怪诞小说，从秘不示人的早期到他辞世以后的广受赞誉，几十年里，总有虽然数量不多，但对他的美学趣味和艺术追求都绝对忠诚的专业人士，不遗余力地鼓吹推广，使他仅凭有限的短制，便在某些信誉良好的评论家嘴里，获得了有资格靠拢卡夫卡和普鲁斯特的至高荣耀。

——还有贡布罗维奇和米沃什这对年龄相差了七岁的朋友，不仅都对母语有过尖锐批评，面对他国的入侵或本国的暴政，还自一九三九年和一九五零年起，就分别选择了漂泊异乡的流亡生活。于是，在他们的有生之年，乃至故去以后，即使后者还为波兰语赢得了诺贝尔文学奖，并在波兰社会重拾理性后，于耄耋之年又回到祖国，可还是受到了许多谩骂与诋毁。其实，恰恰是他们，在浪迹天涯时，也没卸除自己的责任，作为人文知识分子，他们结合自身的际遇，通过对个体价值与族群想象、国家意志与私人感受、人性欲望与利益驱动等关系的清理省思，在深化个人经验的同时，也充实了波兰经验和丰富了人类经验，使千千万万肤色不一地域不同的人，因为他们，而明敏了眼睛宽阔了心灵⋯⋯

是的，波兰经验乃至人类经验。

乍一看去，以上四位所呈示的，关乎的只是一己的偶然经历，既没有因果关系，又少见共同特征，无非是一种互不搭界难以复制的芜杂零乱。但正是这种芜杂零乱所传递的"种种信息"，一旦经过语言文字的淘洗淬炼，才更容易超越个别性获得普遍性，才更可以确保"不乏恶毒恶意的恶作剧"《菲利贝尔特》在通过破坏秩序、嘲弄高雅、亵渎神圣来展演自己时，不至于只成就一出突兀的独角戏自说自话，而可以找到一道恰好合辙接榫的精神的背景以为依傍。

所谓经验，并不是一只没有边际的巨大容器，对个体的经历、国族的经历、人类的经历，巨细靡遗地一勺烩一锅煮；经验是在存在的意义上，对经历的反刍倒嚼与提纯抽象，它对形而下事物的形而上认知，能够穿透现象抵达本质。人是经验的动物，保佑着人类大步疾走或踮步缓行时别彻底投进死神怀抱的，唯有直接建立与间接引入的两种经验，而尤其需要以理性能力参与汲取的间接经验，又是更为重要的安全带与保护绳。

小说有幸，自诞生起，就成了最不伦不类又最有趣有效的间接经验的汲取工具，或者说，是人类走到了某个拐点，特别需要一种既不伦不类又有趣有效的间接经验的汲取工具，于是，亦庄亦谐又非庄非谐的小说便应运而生了。它的步子迈到今天，尤其是当它从模仿、复制、还原等趋真化表达的禁地有意或无意地回归了象征、变形、超验等寓言式表达的老家之后，它对自己使命的胜任程度也越来越高：聚焦存在现象，探究存在问题。也正因为这样，我在我们这一系列讲座的开讲伊始，就直言不讳地有过说明，那种欧·亨利式的，所谓传统意义上的写实主义叙事，将不被我重点关注，我更希望与大家分享的，是小说这个精灵在塑造自身演示自我时，所呈现出来的尽可能多的艺术可能性，通过对这些可能性的理解和接受，来扩大我们感知事物的边界，增多我们发现真相的视角。

具体到《菲利贝尔特》，其实，也可以具体到其他许多内容"怪异"形式"反常"体验难度过大的作品那里，比如《变形记》或《韦克菲尔德》或《博尔赫斯和我》，或许，我们已经表现出了足够的善意去理解它们接受它们，相信它们的标新立异并非为了哗众取宠，而是为了传递更多样的信息，寄托更复杂的意趣，表达更新颖的观念，实现更深刻的真实。但通常的情形却很讽刺，我们往往只是被它们文本本身的"怪异""反常"所迷惑吸引，而对它们传递的信息寄托的意趣以及表达的观念实现的真实，依然还是不明所以。这就如同诗人顾城所形象化地说过的那样："现代主义的暗示式，是对古典主义的定论式的一大革命"——这没问题，非常之好；但是，它连带出来的那个后果，却免不了令人手足无措：它只满足于"激发起读者的思想，却不保证思想的结果"，也就相当于，"它只把展厅的大门启开，却不做解说员，另一部分让读者自己去完成。"于是，"自己去完成"的读者便不仅过于困顿辛苦，还很容易让智力蒙羞，受到"怪异"的戏弄"反常"的嘲笑。这可真是太尴尬了！但即使这样，我也仍然愿意认为，恰恰是这种尴尬，才有能力表征精神现象之耐人寻味，艺术行为之奥妙无穷，也唯有在那些不明所以的疑虑之中，我们感觉和想象的裂变式解放才能够实现。

所以，就我个人来说，由于我一向把我反复申说的"阅读三忌"，即反对提炼中心思想、反对找寻教育意义、反对对号真人真事作为约法三章，我阅读时的"不明所以"，反倒能让我在失去导向的同时，也打破禁锢摆脱束缚，确保我的体验能天马行空自由无羁。这样说来，写作的最高境界便只能是为写而写，是无目的倾诉，一如有的时候，人的喊叫只为喊叫本身——这恰好暗合了贡布罗维奇那断然而又倨傲的表白：

我只写我自己，从来就没有写过关于其他事物的一个字。

有时候，人会生出喊叫的欲望，忍不住想要来一嗓子，可具体原因，又完全可以，与有了快感或受了冤屈或被什么东西刺激到了没有关系。我意思是，作为那喊叫声的倾听者，我只琢磨它高亢或沉郁、浑厚或单薄、有共鸣或没底气、悠扬若长调或短促如哨音……也就行了，而不一定非得让所谓的快感或冤屈或其他什么东西分我的心；倘若那快感或冤屈或其他什么东西也打动了我，那只能算是我的偏得，为了那幸运我得感恩。

易丽君　袁汉镕译《孩子气十足的菲利贝尔特》

译林出版社 2003 年 10 月版《费尔迪杜凯》

如何判真假 怎样辨虚实

莫拉维亚的《梦游症患者》

好多年前，我还年轻，其标志是，一见到能吸引我的女人就会脸红，而一脸红就语无伦次，可问题是，能吸引我的女人到处都有。我不知道，我很早就甘于枯坐一隅，把自己的生活限定为青灯黄卷地读写小说，这是否算理由之一。

也就是在这个时候，当十六七岁的我，除了因受制于伪道学的误导毒害而只会茫然困惑地贬抑自己，其他便再不知道如何是好时，一份未刊的书稿，不仅让我接触到了弗洛伊德，掌握了"精神分析"这个几年之后才开始时髦的词汇，还让我磕磕绊绊地记住了"伊德""自我""超我"，以及"力比多""潜意识""俄狄浦斯情结"……尤其让我脑洞大开的，是后来，我上大学后，读到了他那本也译作《释梦》的《梦的解析》——岔开一句，为了向弗洛伊德在诸多方面对我的启蒙表示感谢，一九九七年，以《梦的解析》为题，我曾创作过一个短篇小说，里边一些超现实的情节，现在回味起来也煞是有趣。另外，直到今天，虽然弗洛伊德的某些理论，越了解越让我不敢信任，可对他以及他的志业，我的崇敬从未动摇。

还是好多年前，与年轻比，我已稍稍老了一些，但那时节，报纸仍然有人阅读，方兴未艾的晚报晨报都市报上，除了连篇累牍明星八卦长寿偏方以及外表强悍的时政说辞与内里酥软的风花雪月，也还允许相对地守着几分节操的读书版面自得其乐。某一天，在一家报纸的读书版上，我应邀模仿娱乐版上的俊男靓女，回答了编辑的一应问题，约二十个。都是些诸如哪种血型什么星座处女作何时发表受哪个作家影响最大之类的程式化问题，三分之二系胡诌八扯，但也有三分之一能提醒我，回望一下已然的来路，再展望一下或然的去路。当然了，即使对那需要我收敛戏谑堂皇仪容的三分之一，我的答案，也多半一填上去就给忘了，唯有"业余爱好"一项，我当时的回答，至今想来，也是准确贴切的不二之选：做白日梦。是的，不论当时还是现在，或者，在"当时"之前我还很小的时候，估计也会是"现在"之后，直到将来我进了棺材，"做白日梦"，都是我最喜欢的、最擅长的、也是从中能得到最多快乐的一件事情。

显然，通过以上回顾，通过那些被弗洛伊德解析过的和我自己在光天化日之下做出来的"梦"，我想说的是，在我喜爱文学的早期时段，在我对现代主义创作的理论与实践都还一无所知或一知半解时，我就借助直觉，借助某种不可知力的刺激点拨，把梦，看成了一种覆盖在普通的生理现象和精神现象之上的东西，尔后，随着中国百姓从文学阅读的禁忌之中挣脱出来，随着我个人对现代主义文学的激进理念与生猛探索愈益痴迷，梦作为最经得起解析阐释的象征之物与隐喻之符，很快就被我打造成了思想的基石，树立成了美学趣味与艺术追求的形象化代表……

呵呵，缅怀一番自己的"梦史"，还真挺让人感慨系之。不过，本次讲座，我选择莫拉维亚和他的《梦游症患者》作为话题，倒并非为了纪念我与梦的千丝万缕，而是相反，我对自己"梦史"的回首，更是为了有的放矢地呼应《梦游症患者》。这么说吧，若我只想以梦说事，不用远望，只近瞧一下也操意大利语的卡尔维诺，就不难发现，梦也是他笔下的关键意象，而且他在拿捏和摆布梦时，思路和手段还更胜一筹，比如，从我手边他的小说集里，我随便翻到的这篇《弄错了的车站》，渲染的就绝对是一个梦境，只是文中并未挑明罢了。其实，与博尔赫斯一样，卡尔维诺的全部小说，整个就是一场大梦，当我作为一个喜欢梦游的"寒冬夜行人"徜徉在"看不见的城市"里、踟蹰在"命运交叉的城堡"中、徘徊在"通向蜘蛛巢的小路"上时……我每每都会——哦，我就不虚头巴脑地绕圈子了，毋庸讳言，比之于莫拉维亚，卡尔维诺小说所寄寓的理念运用的技巧，以及营造的气息气氛，都更具有现代意蕴，都更长于巧妙执拗地，把文学阅读引向智力的游戏与审美的狂欢，使那些对所谓"好看故事"或者不以为然或者别有心得的另类读者，不光能吸纳到《通向蜘蛛巢的小路》的节制和《寒冬夜行人》的睿智，也可以榨取出《看不见的城市》的繁缛和《命运交叉的城堡》的诡谲……

唔——且慢。我这边以莫拉维亚为讲座由头，那边却为一个只小他十六岁的同时代同语种同国别的同行大唱赞歌，什么意思？

哈，没有恶意，我这么几乎二元对立地对两个优秀作家有抑有扬，然后又故意地扬被抑者而抑被扬者，只是希望，我今天的话题里，可玩味性能更丰沛些。前边我说过，我为本次讲座选择的话题，不为纪念我与"梦"的千丝万缕，但我没说，它一定也没有别的微言大义：我没说它，不可以指向早年间，我的文学思维开始大幅度拓展、美学趣味出现根本性转变、哲学观念忽然找到了连接事物规律与人伦常识的某个"奇点"的伟大时刻；更没说它，不应该具体地直接指向现代主义小说，指向卡尔维诺在《未来千年文学备忘录》里帮我编织的、缠绕和纠葛于"世界上各种事体、人物和事务之间的"那张"关系网"——

> 我们每一个人，如果不是各种经验、信息、我们所读过的书所想象过的事物等等的复合体，又是什么呢？每个人的生活都是一部百科全书、一个图书馆、一份器物清单、一系列的风格；一切都可以不断地混合起来，并且以一切可能的方式记录下来。

还是在前边，我提到了由于阅读，对现代主义文学我愈益痴迷，而自一九八零年代早期开始，被我陆续购入手中的四大册《外国现代派作品选》，便是我广泛阅读中的典型代表。这套由诗人袁可嘉以及翻译家董衡巽郑克鲁选编的总字数超过两千两百三十万字的《外国现代派作品选》，如今想来，对我这个从起步之初便在"瞒和骗"（鲁迅语）这两条轨道上懵懵前行的文学爱好者来说，怎样夸大它的再造之功都不过分，它差不多相当于——用一句我少年时代即已熟练掌握的颂圣套语就是，它相当于我航行时的舵手，生长时的太阳。在它浩瀚的四大册中，最后一册篇幅最小，可也厚达一千一百四十多页，而就在一本这样的大书行将落幕的第一千一百一十多页的那几张纸上，正是莫拉维亚，指派了他那位在睡衣之下既裸露着胸部又暗藏了手枪的女主人公，牵拉着我这个当时二十多岁、除了相信爱情也相信婚姻、还对社会对人性都心存指望的单身小伙子，去一个为人妻者的梦境之中游历了一番。

这是一次灌顶之旅，至少在我那丰富的灌顶旅程中，它是一个重要的灌顶环节，它不仅让我大开了爱情婚姻的眼界，更大长了社会人性的见识，而尤其是，通过一窥现代主义文学的堂奥，让我对人的心理、意识、精神活动，忽然就生出了全新的认识，让塑造了我二十余年的唯物主义哲学观念，第一次从根子上发生了动摇，同时，也让我第一次意识到，"我思故我在"这句笛卡儿名言，除了背诵出来能拉风炫酷，可以用于装深沉出风头，最主要的是，它还能一点点地，替我内化出一种性灵化的心理经验。

这可实在太重要啦。而卡尔维诺，当我开始接触他时，当他最早以《我们的祖先》三部曲征服我时，时间已经把一九八零年代的最后一年都抛在了后边，虽然那时的我，比二十五岁的"梦游症患者"时期只多活了五年，可就这五年，我却已然曾经沧海，不论看爱情看婚姻，还是看社会看人性，特别是对现代主义文学那种质疑权威颠覆真理的探索精神、前卫姿态、反叛勇气，已经能够做到大体靠谱的而不是大而无当的理解与信奉。所以，不论《我们的祖先》如何成熟，更让我刻骨铭心的，却只能是或许青涩的《梦游症患者》，因为除了出之于机缘巧合的命运遴选，它还见证了文学、美学和哲学，是如何共同把我生命里那个"奇点"给激活的。这就好比，当整个世界，对我的活命教育都是为集体为主义为天下三分之二受苦人时，我姥姥这个文盲老太太却提醒我，一个人活命，首先为的只能是自己。如此，在帮助我确立个人主义价值准绳这一点上，我姥姥的英雄座次，被排在古今中外所有帮助过我的大师先哲之前，都有资格趾高气扬，而我追忆他们感念他们时，首拜我姥姥天经地义。

我的意思是，对卡尔维诺这种次第现身的锦上添花者，我可以时时景仰常常亲近，但对莫拉维亚这种横空出世的雪中送炭人，我却必须置于神位，即便，作为允许我敬而远之的神，他帮我垒砌的观念底座只如同我姥姥帮我打磨的观念基石一样，既设计简陋，又材质粗糙，还造型笨拙。

是的，《梦游症患者》有点青涩——但这个青涩，不是指它如同一个稚嫩新手的啼声初试：结构生硬，行文局促，情感的推进不够悠游从容。其实，像二十五六岁即出版了《布登勃洛克一家》或《裸者与死者》这种大部头代表作的托马斯·曼或诺曼·梅勒一样，阿尔贝托·莫拉维亚的"新手"经历也仿佛阙如，似乎从二十二岁发表长篇小说《冷漠的人们》起，他就一直"老手"到猝然死去的八十三岁。也就是说，到八十三岁时，他除了与新婚四年且小他四十五岁的妻子正家庭生活得烟熏火燎，在精神生活上，也仍然纵横捭阖得风生水起。至于我说《梦游症患者》有点青涩，求全责备的唯一理由，只是觉得，作为一篇以最神秘莫测又最茫无头绪的梦为故事背景的现代主义小说，它的"梦味"不够浓酽，其具体表现是，它的结构稍嫌明晰清楚，它的行文偏于周延确定，它情感的推进有点规范化和常态化了，倒好像，它脱胎于凭借两把板斧打天下的莫拉维亚的另一副笔墨：一如《西游记》中孙悟空变成土地庙后，他那"不好收拾"的尾巴只能突兀地竖立为旗杆一样，《梦游症患者》身上，烙印着的写实痕迹也无以掩饰——我相信，如果莫拉维亚像挥洒他的《罗马女人》或《情断罗马》那样处理这个梦游的故事，它成为写实佳作的概率也一定挺高。

当然了，"如果"只能想想而已，真正面对的，还得是已经定型的不刊之作。

"我"是一个"忙忙碌碌"的职业妇女，而"我"丈夫，则一边"游手好闲""无所事事"，一边又"轮流地同许多女人""寻欢作乐"，但由于"离婚的道路遭到爱情的阻挡"，即，"他越是放荡，我竟然越发爱他"，于是"我"只能"走上另一条报复的道路"，"决定杀死"他。看看，我们步入这篇小说，几乎没遇到门槛的刁难，唯一困惑的大概只是，女主人公也太偏激了，丈夫不好离婚就是，干吗非要杀死人家？但关于这点，除了可以考虑一下在某些人那里可能存在的宗教原因，也可以再想想现代人普遍过剩的虚荣心理，再想想，那种对睚眦必报式的宁可玉碎也不瓦全或忍辱负重式的被唾了脸面只等风吹干的极端化意志力的过分坚执，似乎，为了保住面子自欺欺人，让"人渣"意外死掉，而不是让外人了解到那与"我"纠葛之"渣"不堪到了何种地步，于情于理倒更说得通。

接下来，这篇小说所致力的，便是不断暗示，"我"的梦游，只是蓄谋的表演，是用于处心积虑地迷惑人的：迷惑"我"丈夫，迷惑未来的证人女仆莲娜，迷惑将要参与调查和审理这桩杀夫案的司法人员……然后，这天凌晨，"我"就"梦游"进了丈夫的卧室，掏出手枪对准了床上——令"我""难以置信"的是，那床上除了"我"的丈夫，居然还有个"身躯肥胖"的"半老徐娘"，而她，竟是一向让"我"信赖的莲娜。小说结尾，是"我"伫立窗前苦苦思索：自己真的杀了丈夫和莲娜吗？如果已经杀了他们，那"我"是在梦里还是在现实中开的枪呢？如果没杀，那他们的通奸，又是"我"在梦里还是现实中发现的呢？同时，"我"站在窗前回味自己的梦游以及杀人过程，这样的一幕，又究竟是梦境还是现实呢……

> 不过，我仍然一点儿也不明白。我回想起，我的丈夫寻花问柳的行径，确实已经发展到跟上了年纪的女人私通的地步，曾经跟一个中年女仆胡搞。或许，我当时果真开了枪；或许，举枪射击以后，我扔下了手枪，回到了我的卧室，然后在这里，我最终清醒了过来。总之，这一切只有天晓得。嫉妒和梦游症糅合在一起，产生海市蜃楼般的奇异幻觉，使我不能否定最后一种假设。
>
> 现在，我害怕离开窗户，无法鼓起勇气去看看到底发生了"什么事情"。我木然地伫立着，胳膊肘儿撑在窗台上，眺望着花园。或许，这也是梦境，我还没有醒过来呢。

这个结尾的多重质疑，以及它所创设的真假莫辨虚实难定的迷幻效果，的确很有意思，但不论多有意思，在我看来，它在对我搔感官或者锥心肺时，还是差了那么点劲，差了点含糊混沌晦涩的劲。我没想说，现代派就一定得一锅糨糊或一团乱麻，对于精神活动，我也一向是反教条而重直觉的，喜欢从个别出发而非靠划线归类去定指标做判断，至于那种搔感官锥心肺的阅读体验，我也挺善于从千万条通往罗马的大路小径中发掘出来。但我以为，具体到此刻引我"梦游"的《梦游症患者》，在它酿制含糊混沌晦涩的时候，若能再多一些非理性搅拌，它的"梦味"将更浓更醇。这就好比，在吴承恩笔下，虽然那些妖魔鬼怪的本领能耐都是超现实的，可《西游记》的演绎风范却决定了，他们的一颦一笑越是发端于庸常，一行一止越是着落于世俗，他们在血肉真实的基础之上，才能越把魂魄的真实袒露出来。

以前在讲座中我曾说过，从一九七零年代末开始，我就接触现代派了，还把卡夫卡、博尔赫斯与罗伯-格里耶这种纯正度很高的先锋人物，看成帮我从蒙昧之中抽身脱逃的救命恩人。可今天，我为什么又说是莫拉维亚——当然，还有许多与他情形相近的、"纯正"成色有所欠缺的、现在我已不大重温其"青涩"作品的作家——曾经给我雪中送炭呢？请允许我做如下解释：

我是在读了十年卡夫卡后，才自以为找到入门路径的，而其现代手法与传统方式藕断丝连的莫拉维亚，却能让我甫一交道便沟通顺畅，我认为，这可以证明的是，像我这样一个在写实主义特别是在伪写实主义的泥淖里陷身过久而无力自拔的人，只有借助一下莫拉维亚这种缓冲的阶梯，才能避免一脚踩空，好有迹可循而非误打误撞地，朝向卡夫卡、博尔赫斯、罗伯-格里耶与卡尔维诺……攀爬过去。在某篇文章里，罗伯-格里耶曾为回应读者"看不懂"的声讨，直白地表达过如下的意思：如果你们从巴尔扎克那里直接走向我，读不懂是很正常的；欲读懂我，你们必须经过普鲁斯特或卡夫卡过渡一下。这话说得嚣张狂傲，但却自然客观，并没有孰优孰劣孰轻孰重的对比之意，它指的是，加减乘除都是平等的算法，可未经加法训练，径直就去操练除法，那算不准确也没什么奇怪。另外，它也隐含了这样的建议：小说的长旅移步换景，路段不同自然风光相异，所以，不同的人各怀偏见又各嗜其好也非常正常；但是，毕竟，越繁复幽深的去处越不容易一步到位，若想扑向大海，总得先途经沙滩，意欲投身森林，也理当先路过草地，那么，爱大海的也感恩沙滩，恋森林的也怀念草地，就应该如同唇齿需要相依那样合情合理。

爱大海还是恋森林，喜欢沙滩还是钟情草地，对老旧的写作手法一往情深还是津津乐道于新异的表达技巧，这里边，肯定有诸多内在或者外在的原因，解析起来会很过瘾。但在这里，我不想做学术讨论，而只想强调，抛开后天的训练导向不说，同样是让手与球发生关系，打得好篮球的未必也是排球高手，而同样让手与弦弓发生关系，能拉好提琴的未必就也奏得好二胡。莫拉维亚是杰出的写实主义小说家，尽管他的创作从起步之初，就与现代主义所关注所擅长所追求的许多东西都颇多因缘，诸如色调比较灰暗，情绪比较压抑，对病态人格与荒诞人生的描摹分析比较细致入微，甚至，他也常常特意地进行技巧练习与文体试验，乐此不疲地为小说的写作和阅读增加难度设置障碍。但是，仿佛出于某种天意，他的"手号"，或者称之为他的气质类型与写作路数，都决定了《罗马女人》或《情断罗马》这类作品脱颖而出后，怎么打量都表里如一，可《梦游症患者》这样的东西一从天而降，就让人觉得也不知哪里，会隐隐约约的有点别扭，就如同，在足球场上西服革履了，或参加选秀节目时，一个技艺精湛的表演者在言不由衷地以狗血段子为自己拉票——固然，有些西服革履的教练员大喊大叫时真是潇洒，而有些选秀参与者，其特别的经历，承载的也的确是真实人性的喜或者悲。

并不是为了找补一下，打一巴掌再给个甜枣，我由衷地认为，虽然在足球场上西服革履了，在选秀节目中洒狗血了，但莫拉维亚，其西服革履时的大喊大叫却真叫潇洒，并且除了技艺精湛，他以狗血涂抹出来的喜或者悲，也都能精准地指向人性的真实，其证明，请允许我通过下面的话题曲线给出。

好多年里，有一个既包含在小说艺术里又肯定大于小说艺术的问题，一直对我纠缠不休，即：我眼里的许多中国同行，都逃不出一个无奈的规律，就是一旦上了点年纪，往往想再写几篇高质量的散文随笔都力不从心，若继续创作长篇小说并且还欲新人耳目，那简直就是痴心妄想；可这种情形，在欧美小说家中却不是规律，他们中的许多人不光年轻的时候出手不凡，到了高龄，也仍然拿得出惊艳之作，例如托马斯·曼，在死去的前一年都七十九了，还能出版《骗子菲利克斯·克鲁尔的自白》这种洋溢着"老年先锋精神"（托马斯·曼语）的自我革新之作，而诺曼·梅勒出版于八十四岁的《林中城堡》，则完全是他在自己不乏疯狂的一生收尾的时候，又一次引发的石破天惊……这种老当益壮的例子我手头不少，没有必要一一罗列，我想引出的话题只是，近些年来，随着年龄渐长，我一边暗暗羡慕他们，一边有悖于"中国规律"地，偷偷给自己设定了一个低标准目标：我的长篇写作——当然，必须是水准线以上的长篇写作——至少要进行到七十一岁。那么，我以七十一岁划线的理由是什么呢？

这就得说回莫拉维亚了。前边我提到过，莫拉维亚死于八十三岁，我没提的是，在去世之前的最后十二年里，他至少又出版了三部长篇和一部自传，虽然这四本书中，我只读过一本《内心生活》，但就这一本，已足够说服我见贤思齐。这部勇敢真率的长篇小说，通过比一望无际还辽远漫长的对话体写就，汉译过来约二十五万字，不能算短，但是，它那种强烈的一气呵成之感却惊心动魄，给读者带来的，完全是跳了冰窟或踩了电门那样的刺激，它以平实的语言催生激越的情感，又以局外人的态度传布激进的观念，还毫不介意把那种往往只属于年轻人的探索野心张扬出来……哦，对他和它，我都无意过度生发，我想告诉各位的只是，它出版于他的七十一岁。

短篇小说《梦游症患者》也好，长篇小说《内心生活》也好，都很难称为某门某派某种风格的典范与标本，但这不重要。一部小说，对读者来说，重要的只是它能否尽量地搔到了感官锥入了心肺，如果能，也就可以了，也就足够了，毕竟，不论出身何门何派何种风格，它们同样都有"小说"这样一个光荣的称号。

吕同六译《梦游症患者》 上海文艺出版社
1985年10月版《外国现代派作品选》（第四册）

"长篇拼图":珠散玉碎却斑斓

克里玛的《一个感伤的故事》

这一讲的主角是：捷克语，《一个感伤的故事》，伊凡·克里玛。

等稍后大家体验了"感伤"，将会发现，尽管这篇小说与许多现代主义小说气质相近，重气氛营造而不是人物刻画，重观念辨析而不是戏剧冲突，重客观陈述而不是臧否评判，但单从相貌形态上看，说它的突出特征是写实主义，甚至说它比第一讲中契诃夫《一个官员的死》还要写实，大概不会有什么异议，虽然，把它与第二讲中莫泊桑《我的茹尔叔》那种更标准、更典型、更中规中矩的写实作品放在一起，彼此之间也同样陌生，好像分属于两个世界——不过，这应该是好的现象，身为艺术产品，其情趣的怪异、面目的模糊、性格的不确定，都是小说魅力的重要保障，这就如同，人这个东西，只有独立起来，个别起来，如钻石般让五花八门的不同棱面都自成格局地闪烁起来，才能达致一个精神化生命所该有的样子。

或许也就因为这个，因为语言能成为不同文化不同种族辨识度最高的精神名片，我才会在已经历时半年的"短篇长读"系列讲座中，逐渐地和悄悄地，对它关键词的次序做了调整：

将"作者""作品""语种"的位置颠倒了过来；同时，还因为，真正的独立与个别更发生在生命体内部，发生在语言那种非日常化的心理层面的表达之中，我也便越来越不惮于小众化地，让那些故事情节怪诞、人物性格荒唐、寓言意味鲜明、超验色彩浓烈的现代主义包括界限模糊的后现代主义作品，成为我向大家推荐的优先之选。可是，眼下，出现在我们这第九次讲座中的《一个感伤的故事》，却与我以前所选择的绝大部分言说对象都有点违和，这是怎么一回事呢？

与上上一讲我介绍给大家的《菲利贝尔特》一样，《一个感伤的故事》不是独立的短篇，而是《我快乐的早晨》里的一个章节。《我快乐的早晨》是克里玛的一部微型长篇，完成于一九七八年，即"布拉格之春"的十年之后和"天鹅绒革命"的十一年前，它分为各自为政的七个章节，表面看去，每章间没什么因果关系，除了每个故事里的第一主人公好像、仿佛、似乎、也许，可以被理解为同一个人，再就是，它通过格式统一的、有时序勾连的、皆由"星期×早晨……"统领后边"一个……故事"的小标题，对各章节间精神上的一致性有所照应，比如《星期二早晨——一个感伤的故事》《星期三早晨——一个圣诞节阴谋团伙的故事》《星期日早晨——一个荒谬的故事》……至于在我这里，居然不无唐突和冒犯地，把它第二章的临时名称缩水成了"一个感伤的故事"，又拦腰切掉了它小标题的前一部分"星期二早晨"外加破折号，还望各位能细辨明察，这可并不表明我有什么不敬。在我看来，这第二章原来的小标题，当然有它那般设定的特殊意味，但是，只有体现在长篇状态下，它那种暗通款曲式的内在价值才容易实现，而处在短篇状态下，它基本上只是累赘。

所以，暂时，至少在我们这期讲座的前半截里，各位不妨先忘掉这个"感伤故事"在长篇里所担负的使命，而只把它作为一个自洽的短篇玩味欣赏——如果说，《菲利贝尔特》这首"长篇插曲"的是否好听，还与它的宿主《费尔迪杜凯》是否参与伴奏有些关涉，那么，《一个感伤的故事》这幅"长篇拼图"在接受是否好看的端详打量时，则完全可以独立于它的宿主《我快乐的早晨》。

当年，年方二十的米雷克，是个对官方宣传深信不疑的大学生，去书店买书时，结识了莉达这个自称已婚的书店店员。两个年轻人精力旺盛，一好上，就几乎每天都要谨慎而又疯狂地，去一处少有人迹的荒芜草坪欢云爱雨，直到莉达不辞而别。这显然是个小小的悬念，若使用得当，理应诱导出大大的波澜。可是，很难说不是为了与执着于强化戏剧性的写实风格拉开距离，几乎过分迅速地，克里玛就拆解了这个悬念，也等于是，使用它时，他主动卖了个"失当"的破绽。后边的故事是，二十年后，那个当年并无婚姻的、对官方宣传也从不信任的、还偷偷逃离了暴虐祖国的女店员莉达，已成为一个富有的美国商人之妻，此番回乡故地重游，她特别渴望能与米雷克重沐云雨再温鸳梦。此时的米雷克，已经有了妻子和两个孩子，并且作为正派的读书人，一直被政府当成敌人，时刻都会受到监视，可尽管如此，为了亲近昔日的情侣，他仍然做出了种种努力。然而无论如何，二十年后也没法回到二十年前，连物都不是了，人更已非，尤其是，那些理念上意识上无以名状的微妙差异，使得两人这段起始于性的特殊爱情，在抵御住了漫长

"长篇拼图"：珠散玉碎却斑斓

时间的侵蚀以后，却无法做到终结于性，只能空留一段感伤。

当然了，一对露水情侣的一声叹息，再怎么感伤，所传递的，也只是这个故事的表面信息，倒是另外一些深层的况味，在被作者未免峻急和直露地表达出来后，更能引发愁肠百结——那是一个关于个人与国家的、文化与地域的、现场参与与冷眼旁观的哈姆雷特问题："to be or not to be？"

生活正是这样，它只让你在两种苦难、两种虚无和两种绝望之间进行选择。你所能做的，也只是从两者之间选择你认为比较容易忍受的，比较吸引人的，使你至少能保持一点自尊的。

这是一个理性主义者对一个非理性世界的透辟认识，我愿意相信，克里玛的这种清醒，与他十岁上下时，在纳粹集中营里度过了等待死亡的三年半时间关系密切——哦，我的意思，并不是说，一个人只有有了特殊的际遇才容易清醒，其实，我见过的更多的人，倒更容易好了伤疤忘了疼痛，还一并把那造成伤害的凶器及其凶器拥有者也忘个干净。我是想说，有了清醒只是第一步，在清醒之后，尤其是在鲁迅所说的那种铁屋子里清醒之后，该去如何理解和体认上述引文里的三项"两种"，在它们间，又该如何判断以及接纳更"容易忍受的"、更"吸引人的"和更能让人"保持一点自尊的"生活，这才是真正难解的命题，也才是真正的纠结所在。

固然，一般情况下，在多数人那里，对于萝卜白菜的各有所好与各取所需都自有道理，都无可指摘，都不应放到道德或者道义的天平上去估价称量。但麻烦的是，这"各有"和"各取"除了是自己的事，许多时候，也还是无聊或者有聊的看客的事，而看客们的评头品足，又没法不依据自己所好恶的萝卜口感与白菜味道，于是，为了留守故土宁可忍受暴政的米雷克的选择，与为了安全自由不惜背井离乡的莉达的选择，便常常会针锋相对势不两立——声明一句，并非为了当和事佬，我个人倒一向认为，任何选择，只要是人性化的，只要有一个存在主义的意义支点，就不论走在哪条路上都并行不悖。

基于此，基于我对上边提及的那三项"两种"的由衷认同，我从不认为对米雷克、对米雷克类型的克里玛、对众多主动放弃"乘桴浮于海"（孔子语）的克里玛们，有必要追究他们解释自己行为时的诚实程度："因为我并没有参与去创造"国外的"自由生活"，所以，如果去享受它，便"正如我不可能感受到他们国家的悲哀一样"，"也不能让我感到满足和幸福"；同样，对于昆德拉，这个在我眼里远重要于克里玛的捷克语作家、这个在《我快乐的早晨》问世的三年以前便逃到了法国的莉达型也即米沃什型的人物，对他那个不无苦涩的强词夺理式表白的认真程度，我也不会用怀疑的 X 光机去挑剔检测与透视评估："在巴黎，我的写作更捷克"。

语言的存在即人的存在，与语言相比，国家渺小得不值一提。大家还记得卡夫卡和哈谢克吧，这两个同时期生活在布拉格的天才人物，接受国籍分配时，却总是一个被奥地利一个被捷克。但是，作为小而言之文学的和大而言之文明的发扬光大者，除了某些时候的某些政客，以及某些从来都不知"自我"为何物、总愿意委身于某个固化的圈子由他人"代表"的"地域主义者"或"群体主义者",又有谁会觉得,他们的国别也重要呢?接受哪个皇帝或国王或总统或首相或其他什么发号施令者的统帅指挥并不重要,重要的只是他们的语言,只是他们与世界对话时,分别使用的德语与捷克语,才能既帮助他们荣耀造物,又荣耀造物的所造之物。如此,当我们回头重听米雷克与莉达的一声叹息时,便不能不联想到,他们未能再赴爱河的根本原因,或许不是户外的市声嚣嚷与酒店的窥视跟踪,而是在生活选择上,他们始终没找到那个与并行不悖契合的点……

乖乖,绕了这么大一个圈子,小说中那揪心的情殇与烧脑的思辨,终于全须全尾地成就了一个所谓的"好看故事",看来,我的解读工作,会因之而变得容易起来。那么,难道,我真是因为在现代主义的层峦叠嶂间连续攀爬有点累了,便想优哉游哉地,去写实主义的通衢大道上散散步吗?

哈,不是这样。有一重意思我反复说过,就是我做的所有选择都只为话题,只为那些未必时常被人涉猎,但与小说确乎关联密切的各色话题。

上一讲,介绍莫拉维亚的《梦游症患者》时我曾表示,若只是为了小说而言说小说,可能以卡尔维诺的作品为讨论样本,对意大利语来说更合适些。而这一讲,对捷克语来说,若只是为了短篇而言说短篇,我更想选择的也是赫拉巴尔。

颇得哈谢克真传的赫拉巴尔,是一位年长昆德拉十五岁年长克里玛十七岁的老大哥,他所表达的,那种通过有滋有味的小谎言和自娱自乐的大臆想与这个畸形世界相周旋的"巴比代尔"式的姿态或策略,以及他以他的个性特点,所佐证的一个被我空口无凭地想象出来的残忍判断——在他八十四岁的生日前夕，他于病愈出院之时的坠楼身亡，表面看去是喂鸽子时的不慎失足，但很可能，那是他对自己生命的最后支配——都让我相信，所有这些，不论赫拉巴尔这个书写者，还是他通过生造的"巴比代尔"一词所界定的那类被书写者，对诸多在苟且偷生中也渴望活得骄傲的"底层的珍珠"都会大有启发。是的，《底层的珍珠》，这本有趣的小说集我手头就有，可是，为了我一再强调的所谓"话题性"，我宁可舍本逐末自讨没趣，也要让血统不够纯正的《一个感伤的故事》变成一把钥匙，以打开某一扇牢牢关闭着的小说之门。

专门讨论短篇小说的文章或著作，中外的我都见过一些，它们多半视短篇小说为特别的物种，喜欢言之凿凿地，为其归纳选材特色与剪裁特色，摹人特色与状物特色，经验特色与情感特色……那些从不同侧面徐徐展开的条分缕析，常常让我茅塞顿开，当然，也常常让我云里雾里——对不起，正是如此，虽然都条分缕析了，我却还是云里雾里。但我从来没敢诘问：短篇小说真特别吗？

在日常生活里，在许多事情上，如下的情形比较普遍：某个人对某个问题，尽管自己也茫然困惑，也言不及义和词不达意，却会下意识地、情不自禁地、并非迫于什么有形的压力，就去依从习俗尊奉公论，即使心存疑虑，也连腹诽都战战兢兢，仿佛自己的责任使命，就是脱生为一只学舌的鹦鹉；倘若有谁效法托尔斯泰或纳博科夫，冒天下之大不韪般地去质疑习俗挑战公论，比如，去数落莎士比亚或塞万提斯那种大神级人物，那就瞧好吧，即使不会挨几记老拳，也会被一串匕斜的白眼针一样刺痛，就好像，放肆地喧哗了公共场所——不对，这个比喻不够恰当，我身旁所有的公共场所，放肆的喧哗都无所不在，却从来没人以白眼乜斜，不知是因为司空见惯了，还是彼此彼此了，还是怕因触动了丛林社会的惩治规则而引火烧身。那好吧，这种蹩脚的比喻立即收回，有话直说书归正传。

我读小说，很早就有职业心态，有学术倾向，也正因此，多年来，在领悟文类范式或接受体裁定义时，偶尔便会幼稚可笑地，把机械主义或教条主义的马脚暴露出来。但我想说的是，即使这样，我都机械教条了，对诸如"有短篇特色的小说"或"有小说特色的短篇"这类灌输，还是茅塞顿开的时刻有限，云里雾里的光景较多，怎么羞愧难当都不见智商提高。好在我脸皮早练厚了。由于茅塞顿开更见正确，云里雾里太显愚拙，甚至还很像居心叵测，于是，每每遇到此类问题，我都要像参加批评与自我批评的民主生活会那样装聋作哑，只有在推拒无果的情况之下，才会为难地表一下态，但最坦率时，也顶多是朝习俗公论的井口外沿瞭望一下，比如，我的讨论小说篇幅问题的《长还是短？这是个问题》那篇文章，光从标题上，就能让人闻到几丝无奈的气味。另有时候，作为资深的小说编辑，本来对作者无话可说，却仍需要惺惺作态，我便也会煞有介事地，在他人或薄或厚的文稿上面戳戳点点：这是个长篇材料；这只适合写成短篇。据说，为传世名著《红与黑》提供灵感的，是报上的两则情杀新闻，自从知道了这件逸事，我就会间或地心有余悸：如果司汤达是我的作者，某一天，捏着两页剪报跑来问我，他欲把它们写成长篇是否可行，我该怎么回答他呢？异想天开！我会这样斥责他吗？就你这点素材，只够敷衍成《闯入的女人》。《闯入的女人》汉译大约四千来字，是博尔赫斯笔下一个不太著名但颇为另类的情杀故事。可如若这样,对司汤达来说,我这算指点迷津还是误人子弟呢?

多数情况下,尤其当我的身份只是读者时,在我眼里,所有的小说便都只叫小说,并且也都是同一样东西,都是附着于可以奇幻也可以俗常的文本之上的语言、结构、故事,就像那个相声《报菜名》里点到的菜,表面看去眼花缭乱,蒸一个炒一个,荤一个素一个,川味一个沪味一个……但摆到我面前的桌子上时,它们共同的名字便都叫菜,都叫美味佳肴。我知道我以如此的模式推进思维,很容易招来嗤笑与诟病,因为这很像为粗鄙谫陋提供口实。但没办法,小说在我生活里分量越重,小说篇幅的长或者短,就与我的阅读越没关系,如果一定要说也有关系,那就是这个话题太有话题性了,会经常与我狭路相逢,逼着我对它进行思考,进而,也把那思考的触须,顺水推舟地伸向其他的相关问题,比如,我们何以需要小说?

我想,我们需要小说,并非因为乔伊斯那短短的一天(长篇《尤利西斯》)就要耗掉我们一年乃至多年的关注时间,或陈村那漫长的一生(短篇《一天》)却只需花去我们抽两支烟的那点工夫;我们需要小说,是因为我们更需要发现和理解,生活在短篇里的弗朗西斯·麦康伯(海明威《弗朗西斯·麦康伯短促的幸福生活》)与生活在长篇里的夏尔·包法利(福楼拜《包法利夫人》),其实是一个人戴了两副面具,而不论吸引K的迢迢去路舒展在长篇里(卡夫卡《城堡》)还是拒绝韦克菲尔德的漫漫归程逶迤在短篇中(霍桑《韦克菲尔德》),它们通往的也都是变换了门牌的同一个地方。我的意思是,小说只有本事的不同,长短的不同不说明什么,如果再从太阳底下没新鲜事的角度去琢磨这世界，那就连本事层面的同或者不同，也得不到评级的高分数了，唯有语言的魅惑力、结构的建设性、故事的延展度，才能表征虚构之价值的巨大与恒久。

但我的读者身份太不纯粹，由于刻意的角色置换也没有意义，所以，多数时候，我根本就摆脱不掉作者的身份，只要一捧起小说，在欣赏的同时，在把玩的同时，在喜欢或者不喜欢的同时，我那副写作者的理性嘴脸，就会不由自主地暴露出来：如果我写，这段情节该怎么发展？如果我改，这个人物将如何行动？如果由我来设计处理……我常常提给自己的问题之一，就包括了，某些材料某些细节，或某种技法某种情绪，更适合分配给长篇还是短篇，或者，在长篇里我会怎么把握，在短篇中我又如何操控。

显然，当我身为作者时，那个貌似可以忽略不计的长篇短篇问题，又是我的理性不肯绕行的一道大坎，尽管，好的小说，从来都是最强劲的理性与最无以索解的非理性的完美结合，而一篇小说最终将发育出何等的模样多大的体量，即，在具体写作中，该怎样做到既尊重分类又不拘泥于分类，既接受框限又敢于僭越框限，这往往更是非理性结出的神秘果实。至于在眼下这个专门讨论短篇小说的系列讲座中，我一再打破拘泥又肆意僭越，继上上一期引进了贡布罗维奇不伦不类的"长篇插曲"后，这一期，又来涂鸦克里玛似是而非的"长篇拼图"，这倒完全是我有意为之的理性行为：我总幻想，像《菲利贝尔特》与《一个感伤的故事》这类"插曲"或"拼图"，真应该成为万能胶粘合剂，不光可以帮短篇小说与长篇小说与中篇小说，甚至，还可以帮小说与诗歌与随笔与论文与戏剧……亲和圆融成浑然的一体。

听我如此地痴人说梦，可能有人会联想到上一讲的莫拉维亚，已经把我视为文学上的"梦游症患者"了。哈，没有关系，我不怕在梦游文学时被指为患者，因为自从小说诞生，梦游就是它的特质：不拘泥，能僭越。我们今天回溯传统，也不难看到，在一望无际的小说世界里，从来都不只耸立着巴尔扎克狄更斯托尔斯泰那种葱翠的山峰，也还有许多粗放的、嶙峋的、孤傲的、连绵的，以及以别种样貌另类神韵葱茏苍翠着的各式山峰，它们不仅以拉伯雷之名、以塞万提斯之名、以斯特恩之名，更以历经口口相传和层层改造的《一千零一夜》之名，同样千奇百怪和千姿百态地挺拔着巍峨着。至于有人只抓住一点而无视千百，不惜把小说写得越来越板结，越来越狭窄，越来越一是一二是二，越来越不好玩不洒脱不信口开河不随心所欲不放纵无羁……我不认为，这是踏实的报偿严谨的结果，它所标志的，恐怕更是心灵的封闭思想的僵化精神的枯萎。

声明一句，我追根溯源不是为了言必称希腊，更不是为了照本宣科：远古先人还茹毛饮血呢，难不成我们今天动辄去砸烂别人的"狗头"就有了理由？我不满足于只瞻仰那种葱翠的山峰，而更喜欢攀爬那些千奇百怪和千姿百态，甚至，对后者的荒凉冷硬也报以理解，更是因为，前者满足我的，多半只是路径单调目的具体的扶摇直上、曲径通幽、"登泰山而小天下"（孟子语）、"欲穷千里目更上一层楼"（王之涣语）……而后者，才能激活我"不识庐山真面目只缘身在此山中"（苏东坡语）所带来的好奇、惊愕、怀疑、欣喜、恐惧、冲动，促使我不断地去接受那"一山放过一山拦"（杨万里语）的智性挑战……

最后，在这个关于克里玛的讲座上，我想多少有点冒犯地，有点没事找事和无事生非地，引几句昆德拉在《小说的艺术》里说过的话，以及一个叫弗朗索瓦·里卡尔的加拿大批评家，在一本专题解读昆德拉的名为《阿涅丝的最后一个下午》的书里说过的话，对克里玛的"文学梦游"与"智性挑战"做出道义声援——我曾看过一篇报道，说有访客去看望克里玛时，提到了"你当年的朋友昆德拉"，已经年过八旬的克里玛非常敏感，立刻做出了微妙的纠正："哦，我们是挺熟"；如此，我便没法不小心眼地担心，我贸然把一个仅仅"挺熟"的"朋友"请出来拍巴掌喊加油，克里玛会觉得别扭。但是，就同在小说世界里，我总期待让《菲利贝尔特》与《一个感伤的故事》这类"插曲"和"拼图"能自然而然地与它们的"宿主"亲和圆融成浑然的一体一样，我也特别渴望借助某种契机，能让仍然在世的克里玛与昆德拉以随便什么形式重站到一起，就如同当年一道与捷克斯洛伐克的国家恐怖主义斗智斗勇那样，再彼此呼应着，惺惺相惜地，去为小说的自由而献计献策，虽然，我还知道，他俩都已因年迈而搁笔了。

小说的历史走了历史所走的道路。它也可以走另一条路。小说的形式几乎是无限制的自由，小说在其历史上却未能享用它。它错过了这一自由。它留下了许多未开发的形式上的自由。

这种写作方式所致力的，不是制造由唯一素材构成的文本，而是，我们可以说，像创作一幅镶嵌画那样，将各种离散的、变化多端的、彼此分散却互为补充的，因各种关系、各种对照联系在一起的元素组合起来。

好啦，随着今天讲座的结束，我生拼硬凑的那两个概念，也该谢幕走下舞台了，在依依惜别它们之前，为了让那种大花圃里嵌入小花坛的"长篇插曲"结构方式，让那种由五花八门的马赛克组装而成的"长篇拼图"设置方法，能留给各位更深的印象，我想再为贡布罗维奇和克里玛分别拉扯几个同道，以为他们壮大声势——尽管，他们并不需要这种与他们的艺术探索并不相关的"群众运动"：菲尔丁《弃儿汤姆·琼斯的历史》中山中人的故事，曼佐尼《约婚夫妇》中蒙扎修女的故事，都是典型的"长篇插曲"；而佩雷克的《人生拼图版》与波拉尼奥的《美洲纳粹文学》，又皆为"长篇拼图"的标准样本——我得特殊强调一句，像安德森的《小城畸人》，像奈保尔的《米格尔街》，甚至像格拉斯那种比较离谱的《我的世纪》，普遍被指为短篇集子，可在我这里，打从与它们有了接触，就固执地认为，它们只能是长篇小说，只不过，分别贯穿它们魂魄的，是一束有着波粒二相性特点的精神之光。

哦，对不起，本来话已说完，应该就此打住了，可既然几行之前，我顺嘴提到了英年早逝的法国作家佩雷克和他原名《生活使用说明》的长篇小说《人生拼图版》，而我这篇讲稿里，又反复提到了"拼图"两字，那么，我就借着这个由头，再引述几句他谈论自己的《W或童年回忆》时说过的话帮我立论吧；至于佩雷克所说的"两个"，你理解的时候不必拘泥，尽可以将其置换成"N个"：也就是说，置换成"三个"或"九个"或

"二十一个"或"五十七个"……都不影响理解他表达的意思。

这本书中包含两个交替出现的文本；似乎可以认为，它们之间没有任何共通点，但它们又错综复杂地彼此相联，仿佛任何一个文本都不能独立存在，仿佛唯有从它们的彼此衔接中，从它们远远地投向彼此的光线中，才可揭示某个从未在这个或那个文本中言说而只在它们微弱的交叉处言说的东西。

景黎明 景凯旋译《一个感伤的故事》
译林出版社 1999 年 1 月版《我快乐的早晨》

凸显在舞台中央的配角

罗萨的《河的第三条岸》

我要从南走到北

我还要从白走到黑

我要人们都看到我

但不知道我是谁

……

要爱上我你就别怕后悔

总有一天我要远走高飞

我不想留在一个地方

也不愿有人跟随

  不好意思，听我这么突如其来地扯着嗓子"嚎"歌，十句以内，大部分人还没醒过腔来，还没反应过来怎么回事，忍一忍估计就过去了，可一旦听我唱过了十句，明白了我这也叫唱歌，那很可能，你们当中，就有人冲我扔鞋子鸡蛋西红柿了——这我有数，我只"嚎"八句。但就这八句也足够了，那些对流行歌曲稍有了解的人都听得出来，我唱的是摇滚歌手崔健的《假行僧》，而这《假行僧》，在我看来，就是我今天要介绍给大家的这篇小说《河的第三条岸》的歌曲版。当然了，长于抒情的歌曲与长于叙事的小说，再异曲同工，也还是各有自己所擅的胜场，能在同样的旋律中发展出来不同的调门，那才真叫各得其所：同为对程式化世俗生活的否定反抗，《假行僧》抒发的是潇洒、豪迈、玩世不恭之情，《河的第三条岸》则叙写了怅惘、沮丧、无能为力之事。

请允许我继续从崔健过渡。我不会唱歌，对唱歌这种全民热爱的赏心乐事，也从来没有过任何多于正常值的兴趣与喜欢，如果朋友聚会时为了助兴，我也张牙舞爪地嚎几嗓子少年时代的荒谬唱词，那更多的，只为讽刺以及控诉。但另一方面，这几十年里，从我不足二十岁直至今天，却一直有歌手让我——对，让我喜爱，就像对卡夫卡、博尔赫斯、罗伯-格里耶那样，让我一听到他们的名字，就能条件反射式地生成出喜爱。倒不是简单地觉得他们唱得多好，这我也基本不会判别，况且，这么多年里，我听着顺耳的歌，一两百首总归有了，而我看着顺眼的歌手，三五十个估计也不止。我所说的条件反射，是指有关他们的信号一刺激到我，即使那信号感伤、悲怆、冰冷、黑暗、邪恶、绝望……也都能让我如同食了或色了，舒服快活满足受用，似乎连活下去的理由都充分了。

我"喜爱档"里存储的歌手计有两位：一位是出现在一九七零年代后期的邓丽君，她以温软帮我恢复人性；另一位，是出现在一九八零年代后期的崔健，他用冷硬帮我建立人格。事实上，他们最终成为我喜爱的对象，远远滞后于他们在公众视野里走红的开始时段，也就是说，我意识到他俩对我价值特殊，不是因为一见钟情，而是漫长的情感积淀与理性发酵的一个结果。我是乐盲，耳朵比喉咙更不辨五音，即使别人请我听演唱会，我多半也会委婉地谢绝；可几十年里，却有那么两次，我竟自己主动买票去了演唱会现场，还每次回来，都因跟着歌手疯狂嚎叫而失音数天。我去的这两场演唱会整整间隔十年，但它们的主角却同为一人，都是崔健。而邓丽君，由于她一直未能在大陆的舞台上惊鸿照影，当我有机会去台湾时，她已与我阴阳两隔，我只能在她偏于简陋的故居里长久伫立和梦游般徘徊，还不论别人如何侧目，都一任泪水流满面颊。

也像打动别人一样，最初震撼我的崔健歌曲是《一无所有》，可自从《假行僧》悄然问世，对我个人来说，崔健的第一代表作就得屈居第二了——现在大家明白了吧？向各位坦白我对邓丽君与崔健的特殊感情，并非因为一时冲动，便想曝光我的追星经历，我只是希望《假行僧》能帮我证明，对于领航各位抵达"河的第三条岸"，我是何等的心诚意笃。

对巴西人若昂·吉马朗埃斯·罗萨，至今我也一无所知。初读他这篇《河的第三条岸》，应该是在十年以前。记得一读之下，便印象良好，但不知为什么，对这突然闯进我视野的好作者好作品，我却没像以往那样，将关注投放得更多一些。难道，当时，有比小说更好玩的事牵绊了我？对巴西小说家，我读若热·亚马多稍多一些，而整个葡萄牙语里，诺奖得主若泽·萨拉马戈最得我心，但即使这样，虽然光《味似丁香、色如肉桂的加布里埃拉》这个书名就让我心醉神迷骨酥肉麻，而《修道院纪事》则更是仅凭放肆地使用分号这一标志性特点就能牵我眼球引我入胜，可另一方面，却连他们名字中"若热"与"若泽"是否拼法相同这个小小的问题，我都没试图花点时

凸显在舞台中央的配角

间搞搞清楚,而只是通过汉语的音译胡乱猜测:大概"若昂"之"昂"与"热"或者"泽",关系不会那么近吧?由此可见,对葡语作家,我那种赏析性的把玩十分不够,尽管,这并不出于我的心中无数,因为我很清楚,除了萨拉马戈,也还有一个年长他三十多岁,但晚于他将近十年被我读到的随笔作家佩索阿,同样值得我把玩赏析……

对不起,我放任这样一个拗口的西式复合长句蛇蟒般盘缠,并不是为了混淆视听,而是希望,它能更精确地反映我的心态:当这个讲座进行到中途,当语种问题成了我选择作品与作家的基础性考量时,《河的第三条岸》这篇在我印象里好了十年的葡语小说,便立即像条跃出水面的肥硕大鱼,自动跳进了我大脑的网里,可是,我同时又全无把握,如果我伸手,真就能抓住滑溜溜的它吗?

我想说的是,其实,我很难找到合适的办法,让它再物质化地,从我的脑袋里跳回到纸上。因为十年前读它时,我好像根本就没留意过,是哪种杂志或哪本小说集,在它我之间充当了媒介,甚至,连它那个不知所云又别具韵味的小说名字,我都没再说准确过;我只记得,有个巴西人,写了篇叫什么"河"的短小说很有意思,其主人公父亲,与霍桑的韦克菲尔德,与卡尔维诺那个"在树上攀援的男爵"柯希莫,像同一精神家族中臭味相投的叔伯兄弟。对霍桑和卡尔维诺酿造的"味",我的推崇没有保留,那么,他们笔下人物的"叔伯兄弟"在我心中地位怎样,想必我不言你也能明的。不过,就这样一笔带过又易生歧义,那我便不忌啰嗦再多句嘴吧,免得有人误以为我是在主张复制赝品,或肯定艺术的陈陈相因。在我看来,艺术产品那种基于原创的独特品质，一向都是美德之最，而我之所以能接受认同"叔伯兄弟"，其实是有个绝对化的条件作前提的：九子虽为一母所生，却应个个互不相同。

接下来，在这一晃而过的十来年里，至少又有两或三次，在比较让我信服的同行的文章里，我凭着还算敏锐的嗅觉，闻到了他们试图疏浚的那条有个"沉默寡言"的父亲出没的大河所散发出来的熟悉气息。我为我略同了英雄的所见感到高兴。于是每次，我都很想把这篇小说的以及它创造者的名字写入记忆。倒不是以往就预见到了今天的讲座，而是希望以此种方式，答谢给我带来过别致体验与特殊冲动的"父亲"与"河"。可是，这篇小说那个显然有些不甚了了的篇名与它的创造者那个格外朗朗上口的姓氏，却仿佛总在与我作对，让经常对许多佶屈聱牙的作家名小说名都过目不忘的我，面对它们时，居然会一而再再而三地失去记忆，直到前些天一个落雪的午后。

那天，在我书房，望着窗外飘摇的雪花，我与一个朋友谈舒尔茨，其间，有一个知识点式的小小疑问滞碍了我们。我的电脑正好开着，我就顺手搜出了那位好多年里只为一个知音编织小说的波兰怪才。可是，随即套牢我视线的，却是与那小小疑问毫无关涉的另几行字句：

> 布鲁诺·舒尔茨的《鸟》同时又让我想起了巴西作家若昂·吉马朗埃斯·罗萨那篇伟大的小说《河的第三条岸》，他们同时塑造了一个脱离了父亲概念的形象……

乖乖！我立即放弃舒尔茨，转而占领"河的第三条岸"。

然后，我就读它，就打印它，就再度精读并眉批脚注，就让这篇我差不多算是踏破了铁鞋都没有觅处的小说，成了我这个系列讲座的十几篇小说中，唯一没有译者、没有纸质本出处、没有更多作者背景情况介绍的作品——大约一年以后，在我最后改定这篇讲稿的时候，我才查到了它译者的名字。

说心里话，从互联网出现的那一天起，我对它就不吝赞美，我完全相信，它都能加快我们这个世界文明的进度；可说到由它传输的文字，尤其是，那些单纯的资讯性文字之外的文学性文字，以及辅助文学性文字生发感染力的版式设计、字型字号、插图配画……作为一个职业的文学读者，我又实在没法不耿耿于怀。比如我手头这篇《河的第三条岸》，单从直觉上看，它的确没什么刺眼的毛病，可就冲它译者与出版者这个双保险的悉数阙如，我便无论如何，也建立不起来对它的信任。我当然知道，纸质本也常常错讹接踵，但不知为什么，我总以为，只要错讹被印刷出来，再多再滥，凭着经验也可以勘误，可互联网上出现的差池，则有着防不胜防和出人意表的不可辨识性。或许是我太保守吧，反正，面对这篇下载自互联网的解读对象，我实在没法不如履薄冰，很有点像一条孤独的小船，漂浮在一条"又宽又深，一眼望不到对岸"的大河之上。

是的，那个父亲，那个虽然"哪儿也没去"但却再"没有回来"的水上流浪汉，那个被众人论断为"疯了"的"在那条河里划来划去，漂去漂来"的荒诞场景的缔造者，当他除了成为家人的耻辱与邻居的笑柄别无一用时，恐怕，他的生动形象，也就只配去象征和写照"一条弃船"了。没错，他的形象一点不模糊，比一条被遗弃的船还要简明，最起码，把他定性为一个逃避家庭责任的人理由充分。但假设他"孤独地漫无目的地在河上漂浮"真的只为躲避麻烦，只为不受赚钱养家与操心妻儿这种世俗生活的打扰折磨乃至腐蚀，那么，不论是否离婚，都干脆一走了之，至少像假行僧那样不"留在一个地方"，不是比他就这么停薪留职似的、离土不离乡似的，在家门口丢人现眼要好许多吗？他为何不呢？想必事情没那么简单。也就是说，若父亲光形象不那么模糊，还说明不了什么问题，只有他的选择也清晰起来，我们才能把他看透。

可是，这个奇怪之人的奇怪选择，太疯狂啦——对，在此我得声明一句，我不认为，始终都能把情绪隐藏得那般滴水不漏的、"并不比谁更愉快或更烦恼"的父亲，是因为疯了才如此行事的。这篇小说的价值，也不在于写了个疯子，而在于，它在不让父亲心路的蛛丝马迹暴露出一丝一缕的情况之下，却将一个理性之人的疯狂之举，呈现得锁一般结实又钥匙齿般地谨严精密。我当然相信，不光父亲自己知道他何以做出这样的选择，就连那个"唠叨不停，牢骚满腹"地"天天都责备我们"，并且暗地里，又明显在怂恿"我"资助父亲的"怀有许多不曾流露的情感"的母亲，肯定也能大略知道，自己的丈夫何以这样，虽然，她也肯定像几乎所有的人那样不理解他。

当初我乍一捧读这篇小说，刚读几行就认定它好，也不是对那位疯狂的丈夫与父亲有了理解，还并非因为发现，他与韦克菲尔德和柯希莫的关系是"叔伯兄弟"，而是，作者顺手抛出的那个"含羞草"意象，作为妙手偶得的神来之笔，一下子就征服了我：父亲定购的那条小船，得"用含羞草木特制"。我没有任何植物学常识，不知道在我看来似乎格外单薄柔弱并需

凸显在舞台中央的配角

要卧于地上的含羞草,是否果然生长在树上,而那树的枝干化为木料后,又是否真的适宜造船,虽然,那船不必规模很大,"恰好供一个人使用"就可以了,但毕竟,它也需要"牢固得可在水上漂二三十年"呀。不过这些都不重要,重要的是,"用含羞草木特制"这几个字,让前边对于父亲"尽职、本分、坦白"的平面化介绍,一下子就立体了起来,奇妙地创造出了一种南辕北辙式的表里如一效果。于是,这小说等于还啥都没说呢,就隐隐约约地,从那趣味化的缝隙之间,将几许苦涩与失落推送了出来。而果然,接下来,由父亲的极端化选择所演绎的故事,给人的感觉便是苦涩与失落。

苦涩是因为无奈,失落同样是因为无奈,说到底,我们眼前这个既"温柔地看着""我"又毫不通融地伤害着他的所有亲人的固执的父亲,无奈已经成了他生命的基调。当然了,我完全同意网上有些匿名评论者对这篇小说读后的感想:一场"意志的独舞",一个"灵魂的寓言",一次"精神的逃亡"……但在这些宏观的概貌的判断之外,我更愿意通过对"无奈"的发掘,拨开笼罩着他的模糊的水雾,让他的内在意识像他的外表形象一样,也尽可能地清晰起来。

岔开一句,当年我每每扯着嗓子《假行僧》时,有人严肃地批评过我,说我认同的主人公是个不负责任的采花流氓。流不流氓标准不同,采花我也没觉得不对,但"不负责任"这个说法,我却很难轻易释怀。

我不夸张,"责任"一词,几乎从少年时代起,就是我自我评价——有时也是评价他人——的第一标准:我排斥甚至厌恶责任,但不会对它的存在掩耳盗铃,因而,我就愈发尊重那种既辨得出责任范围又扛得起责任重负的人。什么叫责任呢？说白了，就是分内理应去做的事。这个其实挺好理解，稍微有点弯弯绕的是"分内"，即责任的范围，其边际常常暧昧不明。比如两人谈恋爱时，一方对另一方表白道：让你一生幸福是我的责任。那遇到我这种较真之人，恐怕就永远也想不好了：这算撒谎呢，还是吹牛，抑或兴之所至的顺嘴抒情，以及因不明白"一生"或"幸福"或"责任"这种词汇什么意思而臭词滥用……这样说来，至少喜欢独自漂泊的"假行僧"没"不负责任"。他冒着恋爱对象离他而去的风险，事先就坦言，我们的恋爱只能是"一夜情"式的阶段性行为，这多君子呀，多么有助于增加两人相处的选择项呀。如果这叫流氓，那流氓的别名便是可敬之人，因为一个人若能对自己真实对别人诚实，那也就等于对自己的"分内"有了担当。倒是"假行僧"如若有了放下旅行包立地成宅男的信誓旦旦，才会引起我的警觉：他这套路，是不是有点骗子的嫌疑？那么，《河的第三条岸》里边那个出尔反尔的家伙，一边像常人那样，曾经选择了婚姻和生养，而另一边，又不肯像常人那样，持续地把丈夫与父亲的角色扮相演好，这该是多典型的"不负责任"呀，难道对他，我也找得到开脱之词？也能"美化"成某一类型的"可敬之人"？

请允许我申明两点。第一，重在抒情的歌曲做表达时，其内容很容易一目了然；可重在叙事的小说做表达时，更追求多义交叉与似是而非，所以，《河的第三条岸》的优长所在，倒恰恰是它故事的意旨飘忽与人物的面目斑驳，解读时无从删繁就简。第二，我们解读一篇小说，或一首歌曲，或别的什么艺术产品，既不为道德也不为正确，既不为批判也不为赞颂，既

凸显在舞台中央的配角

不为统一什么结论也不为定义什么性质,因此,也就既无需开脱又无需罗织;我们解读他方世界,只因为恰巧我们遭遇了它,而恰巧,我们又对它充满好奇。

有一天,应母亲的请求,一个牧师穿上法衣来到河滩,想驱走附在父亲身上的魔鬼。他对父亲大喊大叫,说他有责任停止这种不敬神的顽固行为。还有一次,母亲叫来两个士兵,想吓吓父亲,但一切都没有用。父亲从远处漂流而过,有时远得几乎看不见。他从不搭理任何人,也没有人能靠近他。当新闻记者突然发起袭击,想给他拍照时,父亲就把小船划进沼泽地里去,他对地形了如指掌,而别人进去就迷路。在他这个方圆好几英里的迷宫里,上下左右都是浓密的树丛,他不会被人发现。

毫无疑问,父亲选择漂泊水上,选择逃避人际交往,针对的是日常生活的庸俗乏味。在大部分人那里,对这种庸俗乏味虽然也反感,甚至会适度地反抗直至拒绝,但最终,都得接受命运的摆布,都得程度不同地,与之和解、与之结盟、与之沆瀣一气狼狈为奸。这便是生活粗暴和严酷的一面,它所生成的无奈是绝对化的,仿佛总能固若金汤,所以,那些前赴后继的挑战者们,往往没搏杀几个回合,就得灰头土脸地俯首称臣。但父亲不是"大部分人",他不信邪,即使命运已经把他的角色规定成了丈夫与父亲,他仍然不肯坐以待毙。在肯定经过了长期的理性思考后,很可能,还多次地,经过了与妻子失败的磋商后,最终,他明知是以卵击石,却还是要以身试法,把

"在废弃和空寂中流逝"生命确定为自己的存在模式：通过无聊抵御无聊，利用绝望抗争绝望。或许是为了矫枉过正吧，为了不被亲情、血缘这种效能最强的庸俗催化剂与乏味酵母菌所软化弱化毒化，父亲的许多做法还特别过分：作为儿子的"我"，不光长年累月通过食物与他保持着最低限度的联系，还可以说，完全是为了他，"我"也成了一个反常之人，可即使这样，他视"我"仍然形同陌路，"看见了我却不向我划过来，也没做任何手势"；而新婚的姐姐生了孩子，非常希望父亲能分享她的喜悦，至少，作为外祖父，他应该看一眼他的外孙，于是在一个天气晴好的日子里，全家人都来到河边呼喊和等待，为一次人道与亲情并举的团聚共同努力，然而，"父亲始终没有出现"……

不过，如果小说只写了这些，只罗列出一个丈夫和父亲"不负责任"的如山铁证，那它的结实与谨严精密必将十分有限。但结实而又谨严精密的罗萨先生，却几乎轻描淡写地，就不光让小说的旨趣巧妙地超越了父亲的负责任或者不负责任，还把那些恢宏阔大的东西，诸如"意志的独舞""灵魂的寓言""精神的逃亡"……也超越了过去，最终，只让"我"这个与父亲有默契通灵犀的配角，这个父亲衣钵的可能的传人，水落石出般地凸显在了舞台中央，从而，把小说引入了一个异峰突起的崭新境地。

我们都知道，这篇小说的最费解处，就是父亲的不肯远走高飞。一般来讲，许多事情，都是眼见不到便心中不烦，而父亲的行径，在世人眼里，无异于一桩天大的丑闻，那么，不论他是否是一个不负责任的绝情者，他最好的选择，都应该是尽快停止抛头露面，让亲人和邻居全忘掉他。我们自然也可以说，作为一个格外自私的人，为了持续得到儿子的食物供给，他并不顾及亲人多么难堪和邻居如何诟病。但我以为，一个可以决绝到几十年里坚持与日常生活为敌的人，却为了那"不足维生的"、被"我放在石穴里的一点点食物"就允许某些残存的亲情与他"剪不断，理还乱"（李清照语），这显然缺少逻辑依据，至于"我"那种"父亲需要我"的想当然判断，更属于陷落在俗理与俗礼中的一厢情愿。

当然了，如果结尾时，父亲没真的一骑绝尘，作为读者，我们还真就不太好做一个结论：父亲他，为什么，一定要与儿子藕断丝连？可是，那个四两拨千斤的结尾却让我们看到，正当父亲因为"我"真正地理解了他甚至即将成为了他而感到兴奋乃至幸福时，忠实了父亲一生的"我"，却在即将成为父亲传人的最后时刻"害怕极了"，"发疯般地跑开了，逃掉了"。如此一来，"我"这种食言的行径，"我"毕生信念那种功亏一篑式的崩溃坍塌，便无可挽回地，把父亲推向了无奈的尽头——如果以前，在他视野里，"我"的存在还算是庸俗乏味中不屈不挠的一抹亮色，那么现在，由于"我"这个"唯一多少懂得"他并知道他"想要什么和不想要什么的"儿子的背信弃义，他轻易地结束掉与"我"的，也是与全部生活的，最后那一线脆弱的纠葛牵系，也就没什么遗憾可言了。

是的，对自己的志业，没人不渴望后继有人。只是大部分人，光想把安逸太平和锦衣玉食传承给子女，因为在他们看来，若能将晚辈安插到世俗享乐的熙攘人群中，便是尽到了长辈的责任；但我们这位尽管也渴望后继有人，却又绝对不属于

罗萨的《河的第三条岸》

"大部分人"的另类父亲,他希望儿子从他手里接过去的,却是对于熙攘人群的背叛与否定,他更愿意把觉醒和勇气、危险和孤独、局外人的生活态度和反抗者的生活模式,沉甸甸地压到儿子的肩上。所以,"我""庄重地指天发誓"时做出的表白,终于让他感到了满意,以至于,"这么多年来",他"第一次""举起他的手臂向我挥舞"起来:

> "爸爸,你在河上浮游得太久了,你老了……回来吧,你不是非这样继续下去不可……回来吧,我会代替你。就在现在,如果你愿意的话。无论何时,我会踏上你的船,顶上你的位置。"

接下来,一个激动人心的、其滑稽感并不会冲淡其悲壮感庄严感的新老交替时刻呼之欲出——可是,一切逆转于瞬息之间。这个差不多支持了父亲一生的儿子,却未能持之以恒坚定到底,在挥舞着手臂的父亲已经明确表示出接受他提议的意向之后,他却"极度恐惧"地"突然浑身战栗起来"。原来,难弃俗尘的他只肯把一只脚蹚进莫测的河水,而另一只脚,仍想拖拉在干爽的堤岸上,患得患失地保留后路。显然,逝者如斯的河水还是太不安全,唯有在脚踏实地的泥土之上,才有可能"无灾无难到公卿"(苏东坡语)地,替自己那虽然可怜却也宝贵的物质皮囊,收获几许可控的幸福。

唉,我们该如何理解父亲,又去怎样体谅儿子呢?

好啦,接下来,我们这些能读到这么美妙的好小说的幸福读者,不妨最后再花点时间,重新把这篇小说的标题琢磨一下:"河的第三条岸",它什么意思?除非把流水下边的河床也称作岸,否则,就是天上的银河,它也只有两条岸呀。岸的意象基本正面,接受起来没什么歧义:左岸与右岸,这能让人想到巴黎,想到那个浪漫的艺术之都;此岸与彼岸,这能让人想到宗教,想到精神与灵魂,想到快乐的生以及也没什么不快乐的死;还有就是,南岸与北岸,东岸与西岸,前岸与后岸,这岸与那岸……它们让人想到的总是,各式风格各样脾性但一律充满诗情画意的大江小河。当然了,岸也有让人憋闷的另外一面,它还意味着限制、规定和无法自由,就如同孙悟空怎么也跳不出去的那只如来之手。但具体说到"河的第三条岸",我则始终觉得,它是个好的小说标题,包括我忘记了它那六个字怎么搭配组合的若干年里,我也认为,不论它是啥或者啥都不是,不论它有所指或者一无所指,它那种有点别扭的、稍嫌拗口的、既与常规脱节又与常识背离的句式与语义,总能好得恰到好处。

乔向东译《河的第三条岸》 见于网络

"好看"元素背后的东西

哈齐斯的《伊莎贝拉·摩纳尔之死》

伊莎贝拉·摩纳尔，是我们这篇小说的女主人公，她和一个叫卡米尔·克罗岱尔的法国女士一样，都是雕塑家。对于各类造型艺术，我皆怀有钦敬的好奇，但向来只是个光会看热闹的门外汉，因此，三十多年前，当我关注卡米尔时，便理所当然地，参照了许多她作品之外的背景信息，因为关于她的资料，八卦的或者不八卦的都不算少：这个阿维尼翁蒙特维尔格疯人院里或许最为资深的精神病人，不仅是曾在中国当过外交官的著名诗人与戏剧家保罗·克罗岱尔的姐姐，更是近两百年来这个世界上可能影响力最大的雕塑家罗丹的学生以及情人……可现在，想了解伊莎贝拉，我就没有了那种幸运，作为虚构的小说人物，她履历中的任何线索都边际固定，都没法在一篇六千汉字的译文之外，让新的信息生长出来，让新的背景漫溢开来。不过，虽然她供我揣摩的资料十分有限，我却还是很想在与她刚刚接触半页纸后，就迫不及待地，把溢美之词给她送去，而我那个不知最终能否打脸的直觉式理由仅仅在于：她艺术观念对我心思。

有一次，经她允许，"我"扯开尺子，把她那些充满"自发的、独创的美"的女性塑像身体的各个部位都测量了一遍，结果发现，"自成一体"的它们其实"不成比例，不相协调"，但对此，伊莎贝拉的解释却像抬杠，简略得等于啥都没说："这些不是妇女——是雕塑"；可恰恰是这个粗暴的理由，让我看到了她对艺术——包括雕塑，也包括小说，也包括其他一切门类的艺术——那种出之于本能的"最完美和最公正"的体认，让我相信，她肯定有办法为她的创作冲动找到最合适的发展路径与释放通道。当然了，对她那句聊胜于无的直白回应，"我"和我都懂，也都认同，她的意思是，衡量一件"艺术品只能用它自己的标准"，而不能用自然界的或人为规定的其他尺码去约束限制，因为，"它的价值存在于它自身之中"。

关于雕塑，还在很早以前，我就听到过一个更为著名并且漂亮的说法。有人以赞美的口吻问米开朗基罗，他是如何做到把大卫像雕刻得那么好的，这位文艺复兴的杰出代表，有史以来最伟大的雕塑家谦逊地说：其实我没做什么，大卫就在那里，我只是把不属于他的东西剔除了而已。但现在，对比之下，我没法不更喜欢伊莎贝拉的那句抬杠，它除了比米开朗基罗的回答更质朴诚挚，也更精辟确切，同时，还能触动我放任无羁的一番玄想：同样已经作古但同样对后世影响深远的文艺复兴这一思想文化运动，其本意，是让更为遥远的古希腊古罗马那曾经辉煌灿烂的人文传统得到恢复，可是，生活在当代的伊莎贝拉，却因为是个血统纯正的希腊的女儿，又恰巧，作为创造过《掷铁饼者》的米隆与创造过《丽达与天鹅》的提莫特奥斯的同行，她才华横溢，有能力雕塑出"仿佛在倾吐最美的希腊语"的女性人物，于是，她便可以轻易地跨过文艺复兴，以直系传人的身份成为古老的希腊艺术的天然代言者，所以，她说出话来，才能那般的举重若轻，充满返璞归真的澄澈和直抵本原的力量。

是这样吗？

呵呵，可能，我是又犯老毛病了：穿凿附会。以前我说过，我的业余爱好是做白日梦，而穿凿附会，或杞人忧天，应该都是梦的题中应有之义。

对，也杞人忧天。

"杞人忧天"这个充满嘲弄意味的成语就是说我，或者，它的存在，就专为讽刺我这种人。从小到大，我那些常常毫无来由的悲观情绪及其论调，其主要用途，就是给亲朋好友提供戏谑的由头。但没办法，即使在我由衷相信再过几年就可以四海一家天下大同全世界三分之二的受苦人眨眼的工夫便会与我团结起来同志战友加兄弟时，我也每每要情不自禁地蹙额凝眉，忧这虑那，而我操心的一切，至少其中的八分之七，在许多人看来，又跟我没有半毛钱关系。比如吧，经由出处不明的诗句"天不生仲尼，万古长如夜"，我就总忍不住无聊地推想，倘若，那天，孔子的老爸少妈，因为循了道德之规蹈了礼仪之矩，而没有不管不顾地"野合"一把，没生出一个聪明的儿子，那我们中国人的精神世界思想领地，是否真的就会永远苍白贫瘠如猪狗的灵魂呢？

我自以为，我灵魂的斑斓度与丰腴度胜过猪狗，我不知道这是否需要感谢仲尼孔丘。我只记得，差不多从我对精神对思想建立起了最初的概念，号称教育家的孔子在我这个"可以教育好子女"的眼里，其形象，就脏乱差得一塌糊涂，他七扭八拐地，伙同后世的副统帅林彪，那个在我生活了大半辈子的地方打赢过辽沈战役的军事指挥，成了我和许多人都恨不得剥皮啖肉的两大烂人。而他的好多说法，比如"女子无才便是德"或"唯上智与下愚不移"之类，至今也让我不能接受。如此，那两句不遗余力地抬举他的颂圣诗句，便只能以反证的方式，从我忧虑的另一个层面溅起片片涟漪：作为一个已经被批倒斗臭的权力的弃儿，他等于是不存在的，而这样一来便能证明，如果老天爷没生出他，那华夏的万古，也不会总长夜漫漫，甚至，女人还能因此而少受点侮辱，至于我这种一不小心落草于"地富反坏右"家庭的黑后代，没准还能得到机会，摆脱因写了《出身论》而被政府枪毙的"现行反革命"遇罗克曾渴望舍命摆脱的血统阴影，成为不一定非得"有种"的"王侯将相"呢。

不过那两句诗，其句式其意涵，我却一直喜欢引申化用，除了对它那副藏匿在浪漫主义豪情背后的膜拜嘴脸，我会尽量科学般严谨和就事论事地，将其写实得眉目清爽：天不生"红楼"，古代中国便没有小说；天不生鲁迅，中国文化便不能真相大白；天不生……而在所有这类既含庆幸又含无奈的句式应用中，联系着孔子，围绕着德国哲学家雅斯贝尔斯"轴心时代"的说法，我最愿意提及的其实一直是，那个在遥远的地域上和遥远的时代里，以其巨大的人文关怀特点，洗涤了我和整个世界文明的古老文化——没错，我想说的，正是那个既创造了许多神话故事神话人物，又创造了许多学术门类社会规则，更创造了许多思想方法精神标高的希腊文化。

好多年里，如同坐病了一样，我经常看一看书或想一想事，就会忽然不寒而栗：如果，没有它们，没有那些可以从两千几百年前继续往前点数的许多地域、许多人物、许多事件、许多观念、许多法度、许多技艺、许多必然性、许多偶然因素……那么，我们这个蒙昧的世界，在步步惊心地摸着石头跋涉文明之河的过程之中，虽然肯定也要跌跌撞撞坎坎坷坷，但基本上，不会受到致命的影响，顶多，在一些局部地区有一些封闭民族，由于孤悬海外般地自生自灭，能不太伤筋动骨地，把整个人类文明发展的平均速度拖后一点；但是，如果，在地球上，老天爷没生出一种叫希腊的文明，没生出天上的万能神祇宙斯与地上的思想王者柏拉图，没生出死于同胞的苏格拉底与死于外敌的阿基米德，没生出自由贸易与民主选举，没生出诗歌哲学雕塑戏剧与角斗投掷骑射长跑……总之吧，如果在那个"君君臣臣父父子子"（孔丘语）像枷锁一样钳制着中国的年代里，老天爷没生出一个"吾爱吾师吾更爱真理"（亚里士多德语）的希腊来，那么今天的人类文明，就完全可能，还踟蹰在一个较低的层次上，而我们所栖身的世界，也仍然会继续笼罩在一个文化意义上的沉沉暗夜里。

当然了，历史不能假设，我的这样一种忧天法也有空洞之嫌；但是，对于历史，逻辑复盘却从来都允许——对了，逻辑，它几乎是希腊文明中最攻无不克的一件思想利器，或许也正因为它的存在，那经常让我不寒而栗的推断猜想，才不必只停留在假大空的梦呓里凌空蹈虚，而可以接受许多实在指标的检验考核，与消逝的岁月彼此参照着镜鉴今天。所以，尽管"轴心时代"的特点是四面开花，八方奏凯，但由于我个人更倾向于认为，今天的地球文明之林之所以如此生机盎然，全赖古希腊这颗种子的饱满坚劲，于是，我心仪的所在，也便唯有那块背靠地中海怀抱爱琴海的半岛及其星罗棋布的参差岛屿，以及，将那一颗颗"星"与"棋"串联起来的一条红线，也就是那古今一系的、为往昔的荷马和今朝的卡赞扎基斯所共同使用的希腊语言。

据希腊诗人，一九七九年诺贝尔文学奖得主埃利蒂斯说，希腊语，这种最早发明和使用了元音字母并记录了《圣经·新约》的语言，"两千五百多年来从未中断过和极少发生变化"。我无从判断，埃利蒂斯做这样的表述，是象征比喻的意思呢，还是依托了某项语言学研究成果的据实道来。但我觉得，不论他如此断言意图何在，作为职业的语言锤炼者与专门的咬文嚼字人，他的结论，都不大可能出之于不负责任的信口开河，而附丽其上的，理当是这一语言本身所固有的强韧品格与神奇特质。我当然也清楚，即使希腊语真的千年不易一脉相承，也不能说，今天那个懒散的、高福利的、闹债务危机的共和国，就有资格代表我心中那个"天不生希腊，万古长如夜"的城邦区域。可是，人的感情，又实在为理性所无法掌控，为了向逝去的希腊表示敬意，我去今天的巴尔干半岛爬罗剔抉，尽管完全是风马牛之举，却居然没有违和之感。于是，在为"短篇长读"选作品时，我便机械地，采取了按图索骥的寻觅方式，把《伊莎贝拉·摩纳尔之死》请了出来——在我所做的十几次讲座中，这篇小说，是唯一以前我没读过的、连间接的印象和感觉都没有的、只因它出身希腊语，便被我剜到筐里就算成了菜的撞大运之作。

在中国的图书市场，希腊当代文学的汉译少得可怜，我书架上，只有一册塞菲里斯与埃利蒂斯的诗歌合集和卡赞扎基斯的两部长篇，再就是这册，一九九七年第二期的《世界文学》，它把九页半的篇幅，给了希腊小说家迪米特里斯·哈齐斯。和上一讲那个当过军医、外交官以及德国战俘的罗萨一样，哈齐斯这个二战期间也参加过抵抗运动、战后作为政治难民又流亡国外二十五年之久的"国家的敌人"，同样不是我脑海里小说家名录的在册人员。但罗萨，毕竟他的《河的第三条岸》我早先读过，且过目难忘深感其好，而哈齐斯的《伊莎贝拉·摩纳尔之死》，我是在一九九七年的二十年后，为了准备这次"短篇长读"的讲座才读到的——

不能不说，我撞的是吉运，这篇小说有话题性。

显然，在很长一段时间里，伊莎贝拉也走吉运，其标志是，作为一个"平凡的、学识肤浅的、庸俗的女性"，她却创造了那么多魅力四射的艺术作品，使自己获得了"平静、平衡、和谐和胜利"，这都是非常值得骄傲自豪的精神收益。如此，虽然她的日常生活"杂乱无章，一点也不浪漫，丝毫没有外界对艺术家想象的那种诗情画意"，甚至，"作为一个妇女她毫不显眼"，不光"个子矮小，长了一双细长的没有曲线的脚"，还"脸上没有一条线条显示出漂亮"。但艺术直觉出色的她，却能让某种禅味隽语脱口而出："这些不是妇女——是雕塑"，更可以在"我"与她讨论什么是永恒时，不必有半点做作，便能做到气势如虹并豪气干云："我以为，我就是"。这实在是个成功提升自信、自信扩大视野、视野完善认知的经典案例。尤其在她近四十岁时，一个"长相英俊"的，能很好地帮她料理"生活、外观、工作"的农机工程师又成了她丈夫，保证了她此后的一切都"正规"起来，这更是让她时时都"脸上荡漾着喜

"好看"元素背后的东西

悦",幸福而又满足地"沉浸在爱情、生活和艺术之中"。

可是,此后,半年或者一年或者两年之后,已经"赢得生活"的伊莎贝拉那些最新的作品,却仿佛"到处都缺了些什么",这不能不无情地为一个残酷的事实做出佐证:"她的创作在走下坡路"。由于受控于"一种迷惑——想追求又不愿意追求"的迷惑,"她的协调性,她的平衡性",都水土流失般地消逝不见了,而更可怕的是,在"技巧笨拙"的表相之下,她的那些新作品里,再也没有了"以往老作品所拥有的灵魂"。于是,对此肯定心知肚明的她——

  用锤子杀死了她的丈夫,并且用同样的杀人工具毁坏了她近期的作品,在随之而来的审讯中她没有发言为自己辩护。她被判处无期徒刑。二年以后被关进疯人院,在那里继续按她的老方式生活。"杂乱无章,不能与其他人合群,白天黑夜骂看护、看守、护士、其他精神病人和医生……"

当然,她除了是个躁狂的疯子,也还是个至少曾经才华横溢过的艺术家,于是在疯人院里,"经过一位教授出于医学科学特殊性的考虑——加上我们的推动——为她搭了一间临时雕塑工作室。"这可真好,真叫人性,虽然晚上回到"病房里她还是骂人",但白天在"石头盒子"般的工作室里,她已经能从事雕塑大型妇女群像这样的创作了。可是——

  9月份,一天下起了雨。泥土开始变潮湿,雨水冲打着模型,人物线条消失了,一块块泥土开始脱落。她冲到塑像

哈齐斯的《伊莎贝拉·摩纳尔之死》

的当中用她的小手抱住它们，稍后赶来的护士看到她扑倒在雕塑群像中与泥土混为一体，用手指甲抠着塑像，哽咽着哭了起来。

这一场雨，成了压垮伊莎贝拉和她的艺术创作的最后一根稻草。此后她倒又苟活了一些时日，但已完全是行尸走肉——与前辈同行卡米尔一样，直到死去，她都再没走出过疯人院大门。

艺术、爱情、杀夫、疯狂……在《伊莎贝拉·摩纳尔之死》的字里行间，这些一切文艺作品共享的"好看"元素，携带着一气呵成的紧张之感扑面而来，还真就让人难以招架；可邪门的是，这种感觉古怪的紧张，不是诱着你逼着你必须快速跟进情节的脚步，而是不断拉回你的目光，让你一步三回头地，逆着小说的进程去流连过往。这就好像，一株植物，它不太把奉献怎样的果实当一回事，而只对呈现那果实从无到有的生成过程心心念念。

不可否认，有关伊莎贝拉的原始材料有刺激性，光杀夫这个情节的胚芽，就很容易演化出惊心动魄；但哈齐斯这位我一点也不了解的小说家，却并不屑于用耸动视听去吸引读者，他几乎是漫不经心地，就把一场血光之灾打发了过去。于是，伊莎贝拉是怎么对丈夫抡的锤子，抡的前后，她又想了点啥做了点啥，对这些息息相关于"故事性"的细节内容，小说表现得惜墨如金，仿佛在得体地炫耀吝啬……说到这里，我很想提醒大家回过头去，结合前几讲我介绍过的另一个杀夫故事，两相比照着找找答案：那个《梦游症患者》里的女主人公，到底冲丈夫开没开枪？她究竟是现实中蒙羞的怨妇呢，还是梦境里发狂

"好看"元素背后的东西

的妄人?其实不用我多做诱导,大家都能看得出来,莫拉维亚也好,哈齐斯也好,包括在我这个系列讲座中出现的大部分作家,他们在通过故事写小说时,似乎根本不为故事,甚至还要有意地,对故事中的许多戏剧性冲突加以规避;他们只是对那些故事背后的东西,对那些若有若无又若隐若现地藏匿在艺术、爱情、杀夫、疯狂……等"好看"元素背后的东西,孜孜矻矻地发掘和小心翼翼地呈现,当然了,在发掘和呈现时,他们派送给读者的阅读邀请,会多少有点挑衅的性质:想品透我这故事的多重滋味吗?那就悉心地咂摸反复地回甘吧。

是的,好的作品都有这共性,耐得住咂摸经得起回甘,我相信,伊莎贝拉那些"与经典作品仅一步之遥"的前期雕塑就有这特点,可惜,她的天纵之才没持续下去。

在日常生活里,在各行各业中,那种异禀突出的人并不少见,凭借才华的破空而来,他们常常能惊艳世人,当然许多时候,他们那才华的昙花一现也令人抱憾。王安石《伤仲永》中那个天才少年由"其受之天也,贤于材人远矣"到"泯然众人矣"的故事,说的就是这种情形,而某种意义上,称伊莎贝拉为希腊的仲永,稍嫌牵强但也说得过去。仲永的天才不再,被王安石归结为"受于人者不至也",即,后天的教育没达到要求。这很好理解,一个孩子,当然不能光吃天资聪颖的老本,还必须接受正常的教育。而对于伊莎贝拉这种早过了受教育期的成年人,我们只要站在终身教育的角度上,回望她那流星般闪烁之后便迅速黯淡的艺术生命,似乎去把那理解延展开来也不困难。一个艺术家的后天教育,与一个学龄儿童的后天教育,虽然模式与内容都不必相同,也不可能相同,但在完善和丰富自我的意义上，目标又的确允许一致，所以，在后天教育缺失这顶大帽子底下，把伊莎贝拉"对生活、上帝、社会、艺术、政治、国家制度"等问题的从无思考也没有见解摆放进去，可以不算文不对题，并且，好像，这也正是哈齐斯所暗示的，伊莎贝拉命运走向的一条理由。

但是，面对这理由的无懈可击，我又总觉得，我若发布质疑，未必就找不到别样的理由。

艺术这东西没什么神圣，所以，作为人类嬉戏玩乐的方式之一种，它不该勉为其难地去承载其他被巧立了名目的非艺术功能；但是，同时，艺术这东西又有点神秘，它不仅总能自然而然地，从人类的精神探索与思想砥砺中生长出来，还总能不由自主地，对人类的精神探索与思想砥砺给予反哺。也就是说，艺术很难不广泛地与社会的和人的问题发生勾连，也不可能不通过多个角度与多种形式，去有意无意地，参与这世间的林林总总，一如加缪所言："艺术的崇高不是在一切之上飞翔，相反，它要与一切结合。"所以，依此逻辑推导开去，我们很容易便能一目了然地得出结论：一个艺术家，越是在艺术追求上讲究品质，越是信守"为艺术而艺术"的纯洁与纯粹，也就越需要"对生活、上帝、社会、艺术、政治、国家制度"等问题进行思考并生成见解。但对伊莎贝拉来说，这显然是她的短板。不过，不论这些东西在伊莎贝拉身上短还是长，如果仅仅通过这一病灶来诊断她，我又没法不认为，这概括出来的病因未免浮泛，甚至都玄虚，尽管，鼻炎皮癣连续的感冒，被归罪于免疫力下降都不算错。故而，在剖析这个希腊的仲永事件时，我还是愿意更相对具体地，更对症下药地，去解密哈齐斯留给我们的另一重暗示。

其实,让伊莎贝拉才华不再的,是她"美满幸福的、有秩序的"婚姻,而毁掉她的,正是"正规"的家庭生活——哈,不好,我已经看出来了,对我的这种极端化意见,各位中的多数并不同意。

这我能理解。事实上,在我这里,同样也有无数的案例,能证明温和的木心所批评的现象,反倒更为普遍正常:许多"既虚荣入骨,又实利成癖"的艺术家都长袖善舞,特别精通"高雅、低俗两不误,艺术、人生双丰收"的平衡术,对任何种类的形上苦闷与形下牵绊都能应付裕如。但是,对那些太可能纠葛个人的例证我不想置评,也不打算枚举相反的例证以为颉颃。我只想说,在一个把艺术作为使命而不是仅仅当成职业的创造者那里,当他沦陷于以婚姻家庭为代表的庸常与世俗时,他所面对的,就并非只是柴米油盐的琐屑与苟且,而更是美学的与哲学的亘古谜题;如此,也正因为有了这样的维度,诸如卡夫卡那种对父亲的畏如虎狼,对婚姻的首鼠两端,其意义才是形而上的。我绝不否认,一个婚姻和家庭都很"正规"的艺术家超脱了庸常与世俗的例子,和一个婚姻与家庭都"不正规"的艺术家却坠落在庸常与世俗中不能自拔的例子,在生活里同样屡见不鲜。但我仍然愿意坚信,在一个使命型的艺术家那里,不论他的选择是否自觉,本质上,都是在与魔鬼签约、是在决绝地拒绝安全和否定正常、是在有"责任感"有"献身精神"地服务艺术、是在"人性的软弱、空虚、绝望和消极"中"为追求美丽、艺术、幸福"去做"不可压抑的、野性的努力",是在潇洒或者悲壮地践行福楼拜所身体力行的谆谆告诫:

"如果欲以艺术决定一生,你就不能像普通人那样生活"……

二十多年前,日本小说家村上春树通过《挪威的森林》登陆中国,迷住了大批汉语读者,我也一度挺喜欢他,还为了向他致意,写过一篇叫《好水长缄》的中篇小说,以呼应他的小长篇《好风长吟》。记得诱使我这么干的,是他小说中一处与故事情节无关的议论:

> 如果你志在追求艺术追求文学,那么去读一读希腊人写的东西好了。因为要诞生真正的艺术,奴隶制度是不可少的。而古希腊人便是这样:奴隶们耕种、烧饭、划船,市民们则在地中海的阳光下陶醉于吟诗作赋,埋头于数学解析。所谓艺术,便是这么一种玩意。

以前每每掂量这种半调侃式表达,我的释义范围都狭窄逼仄,顶多能与温饱和压迫建立上联系,所以,我心下想的便一直都是,尽管我无比喜爱那个文学艺术的、数学解析的、哲学逻辑的、体育性爱的……希腊,可是,如果,拥有它的代价是奴隶制度,那么,我将说我不稀罕它:宁可世上没有希腊,我也要拒绝奴隶制度。可近些日子,琢磨伊莎贝拉,重新涌上心头的村上语录,却帮我发现了另一些东西:或许,可以先别否定奴隶制度,而是先明确一下,在那制度里,自己该扮演什么角色,比如,是否肯由衷地,把吟诗作赋数学解析这一类创造性活动奉为至高的"主子",同时,是否也有诚意和勇气,为了不辜负上苍赐予的天赋才华,包括喜爱的感觉及其机缘,而永远胼手胝足地甘当"奴隶"。

"好看"元素背后的东西

声明一句,我这样联想可不为误导,说伊莎贝拉杀夫是为了抢回失地,抢回那个原本属于她却被他占据了的"奴隶"的位置。

徐凯译《伊莎贝拉·摩纳尔之死》

1997年第2期《世界文学》

真白痴还是假傻瓜

―――――◆―――――

安徒生的《皇帝的新装》

我从没想过，在这个关于小说的系列讲座中，使用丹麦语的安徒生会悄然进入我的视野。

请原谅我的孤陋寡闻，每当提及也曾收获过诺贝尔文学奖的丹麦语或者丹麦国，加上虚构人物，能在我心中烙下印迹的，大约也只有四五六位，主要的有四位：除了莎士比亚笔下那个优柔寡断的复仇王子，其他三位曾与我以同一模式存在过的、用他们的作品滋养过我的、按照我所理解的重要程度能在我心中进入排序的，分别是哲学家克尔凯郭尔、文学史家勃兰兑斯、小说家安徒生——没错，从今天开始，以后只要再提到安徒生，只要需要在他名字前边加限定语，我就要称呼他"小说家"了，让他和他虔敬地拜访过的巴尔扎克、雨果、狄更斯那些大师巨匠们，享有一个相同的身份，而不是继续像以前那样，只让他贴着笼而统之的文学家标签、不伦不类的童话作家标签、似是而非的儿童文学作家标签，若即若离地游走在我文学记忆的边缘地带。

毋庸置疑，在最早帮我构筑文学记忆的建设者中，安徒生是重要的一员，某种意义上，他甚至比"最早"还要早些，应该算是为"最早"阵容充当尖兵的先头部队。

属于我的所谓"最早",应该是浩然小说、郭沫若诗歌、苏联的社会主义现实主义、古希腊的神话传说、英语的《简·爱》与德语的《威廉·退尔》与法语的《约翰·克利斯朵夫》,以及《水浒》《西游》《三言》《二拍》外加《红日》《红岩》《红旗谱》《红旗渠》《红旗飘飘》《红旗歌谣》还有鲁迅的小说杂文和马恩列斯毛包括署名"梁效""初澜""石一歌"的论说文艺的精悍短制与高头讲章,总之吧,是诸如此类的杂沓的一堆……可是他们或者它们,已出自我的主动收罗,也就是说,当他们/它们开始构筑我的文学记忆时,我差不多已经过十岁了,至少也得八九岁了。但是,在安徒生陪伴着唐诗辅佐着宋词成为构筑我文学记忆的一砖一瓦一砂粒时,我可能只有五岁左右,肯定还是个小小的文盲,而肯定的,当《卖火柴的小女孩》以一束如豆微光照亮了我初萌的同情心时,当《玫瑰花精》通过对恶行的揭露惩罚,把正义能够使柔弱变得强大的道理教给我时,我获益的课堂,还是妈妈的怀里与爸爸的腿上。识字以后,《安徒生童话和故事选》倒很快成了我的早期私产,可在我的记忆里,自从因为逆反,仿佛与爸妈多说句话都算伤害了自己自由意志的青春前期到来以后,自从我有了能力自行挑拣阅读的对象,我是否哪怕只是下意识地翻看过那书中的某节某段,都没有了半点印象。于是,似乎,直到几个月前,那本因年深日久而愈发素淡的封面灰蓝内文焦黄的叶君健译著,就那么一直孤零零地、可怜巴巴地、几近于名不正言不顺地,在我最初数量很小后来数量稍大的存书里充数撑堆。

几个月前我买了批新书,其中包括布鲁姆的《短篇小说家与作品》，随意翻看时，我目光刚一扫描到目录页上，眼睛就仿佛被扎了一下，心脏也跳得有点异样。我即刻找出《安徒生童话和故事选》，与它并排摆到一起，同时不无心虚地想，难道我以前错过了什么？

不过假如你仔细看一下的话，你马上会发现她们并不是普通佣人：她们的手很嫩，她们的行动举止很大方。她们的确也是这样；她们的衣服的式样也很特别。原来她们是两个仙女。

哥本哈根的每个居民都知道哥本哈根佛列得里克医院的大门的样子。不过，也许有少数不住在哥本哈根的人会读到这个故事，所以我们不妨把它描写一番。

一个植物学家要花几堂课才能对我们讲得清楚的东西，这朵花只须一分钟就解释清楚了。

这双套鞋，像一个办事彻底的人一样，在一个固定的时间里只做一件事情。

当以上文字，在我的一目十行中，触目而又得体地从它们所处的位置扑进我眼帘时，在我看来，它们是特意为了佐证其生产者之好而跳出来的。它们都出自当时我随意浏览的《幸运的套鞋》，在《安徒生童话和故事选》里，它是最长的几篇小说之一，译成汉语两万五千字，比之于在目次上排在它前边的

真白痴还是假傻瓜　　　　　　　　　　　　　181

《皇帝的新装》，差不多要长七倍以上。

我读书，即使在还需要应付考试的求学时代，也基本没有计划和目的，但最近这十来个月，为了让系列讲座"短篇长读"能尽量严谨而少有漏洞，我手翻眼看的，便几乎都关涉短篇小说：要么是文体研究，要么是作品，要么是对作品的解析批评。哈罗德·布鲁姆这本以短篇小说设置话题的书，分专章谈论到的作家共三十九位，从普希金到卡佛，个顶个是厉害角色，同时，在语种分配上，除了多数名额给了英语，次多的名额给了俄语，其他的，连德语西班牙语也只各占两席，而法语意大利语，竟只有莫泊桑与卡尔维诺分别上榜。显然，布鲁姆这个傲慢的美国佬，比吝啬更过分的是他的偏见。然而，出人意料的是，在被傲慢与偏见炒得寸土寸金的《短篇小说家与作品》里，使用丹麦语写作的汉斯·赫里斯蒂安·安徒生居然获得资格，据有了三十九分之一的宝贵领地，这没法不对我的眼睛和心脏构成刺激。

当然了，我惊讶和困惑，并不代表我所了解到的安徒生不够厉害，就冲发明创造了那么多脍炙人口的世界级典故，他也值得我铭记和爱戴——没有典故，人类就很难沟通交流，而不能方便地沟通交流，人类的合作就是空话，这世界上，最为珍贵的自由与爱也就不会存在；我的惊讶和困惑在于，安徒生居然是作为通常意义上的小说家接受布鲁姆脱帽致敬的。尽管刚刚三十岁时，他就出版过颇受好评的长篇小说《即兴诗人》，但毕竟，不论在当时还是后世，他的盛名都不来自小说，而是来之于儿童读物——

恕我不敬。我从来都没敢说儿童读物就等而下之，但是，我也从来都不能同意，一部作品只因专门拥抱了儿童的世界，判断其高下时，掂量其优劣时，就有权利被另设标准。在我看来，那些只能对不谙世事的孩子们产生诱惑，而多数情况下，成年人只肯宽厚地对之呵呵一笑的所谓文学，其品质必然难以恭维；至于有些孩子的至爱，比如《格列佛游记》（乔纳森·斯威夫特）或《爱丽丝漫游奇境记》（刘易斯·卡罗尔）或《哈克贝里·芬历险记》（马克·吐温）或《骑鹅旅行记》（塞尔玛·拉格洛夫），愿意被其诱惑的，可从来都是所有的人，并且，它们还从来都只有一个名字，那就是文学，而不必被单独名之为"儿童文学"。所以，面对久违了的安徒生，我生出眼睛被扎心跳异样的种种感觉，应该可以得到理解。作为儿童读物领地的大师巨匠，他再名号鼎鼎声誉赫赫，与一群优秀的小说家比肩而立时，也难免有点像一株钻天杨误栽进了柳树林里——哈哈，我这么比喻，可不存在任何带有褒贬含意的影射暗示，就物理身高来说，在布鲁姆推荐给读者的三十九人里，超过一米八六的安徒生的确鹤立鸡群，仅比身高两米的科塔萨尔矮半个脑袋。

看来，我把安徒生当作程咬金，让他半路上杀入我的讲座，完全是布鲁姆启发的结果。没错。但对此我想多说一句，也算为自己做个开脱，因为我不愿意让各位认为我太没主见，只会人云亦云地迷信权威。是的，在我这里，布鲁姆一向信誉良好，可这并非因为他的文学批评家地位举世公认；我愿意信服他的评判与结论，是因为身在校园而不学院派的他，既能让《西方正典》那样的高头讲章激情四溢，又能把那种指东打西式的博学和言有尽而意无穷式的深邃，撒豆成兵般地顺手注入

真白痴还是假傻瓜

到许多即兴言说的字里行间,这种不失原则的优雅与放纵,能彰显一个人心智的发达与基本功的扎实,而一个人身上的这两样东西,恰好是我最看重的。

在《短篇小说家与作品》中,布鲁姆分配给安徒生的篇幅一共九页,他举要分析的样本,是《海的女儿》等几则故事;可我起身走向书架,决定去翻找我那本封面灰蓝内文焦黄的《安徒生童话和故事选》时,这篇文章还没涉及到任何一个安徒生的作品标题,我也只是刚刚读到它头一页的最后两行,所以,我估计,应该是这样一句不无耸人听闻意味的论断,"安徒生和克尔凯郭尔奇特地表现了丹麦文学中美学方面的两个极致",促使我立即重"读"了,严格地说,等于是首读了《海的女儿》,接着,又读了——于是,从瘦高的安徒生那张笑纹里藏满沧桑的脸上,我不仅看到了那些永远不设防的卡通风格与童稚趣味,还恍然而又愕然地,透过卡通的天真坦荡清澈,透过童稚的好奇喜悦甜美,更透过卡通童稚也无法逃避的痛惜怨艾甚至愤怒仇恨,发现了那些虽然经历过反复遮蔽,但依然不依人的意志为转移的,从生命和生活的根须间,脱颖出来的浓稠黑暗与深重邪恶。我的恍然和愕然帮我明白了,安徒生这个"童话作家",虽然自己可能也很享受人们对他的角色定位,包括他的回忆录,都愿意以《我生活的童话》作为书名,可他出示给我的,其实是寓言。

对,就这么简单,由于他从"童话作家"变成了寓言创造者,他便也就是我眼里的小说家了,而不再仅仅是"儿童文学作家"。

各位肯定明白我想说的,并非简单的文学体裁问题,或者是否为特殊读者群做类型化服务的问题；另外，我还希望大家注意，在这个系列讲座中，我比较喜欢"寓言"一词，但是，我似乎又不满足于它的名词身份，而总是故意模糊它的定义，以期更多地发掘它的形容词与动词功能。再强调一遍，对于各种文体文类及其衍生产品，我的尊重一视同仁，但你若从艺术上从思想上，从魅惑感上从震撼力上，非要将广受欢迎妇孺咸宜的《铃儿响叮当》或者《生日快乐歌》与亨德尔《弥赛亚》中的《哈利路亚》或者"贝九"中的《欢乐颂》等量齐观，我只能说——我只能闭嘴啥也不说。

据说，童话的特点是适应儿童的接受心理，这我不反对，但是，既然成人的世界允许绿叶共荆棘竞放，毒草与鲜花争艳，我们成人，凭什么就一定认为，在儿童的世界里，光哄猫逗狗般地摆放一堆通体写满"真善美"的塑料假花就可以呢？我不敢妄言我如何特殊，但好多年前，只因爸妈支持我在家中那些"黄色"的"反动"的"封资修"间，任情率性地恣意浏览，幼小的我，便仅仅凭靠自己的眼睛，就发现了一个天大的秘密：原来，以前，那些以各种方式营养我的儿童读物，至少它们中的绝大部分，都是糊弄毛孩子的"皇帝的新装"呀——呵呵，我大言不惭了，虽然，那时候，倒洗澡水时也倒掉了安徒生这一类大宝贝的我，也只不过是个十岁出头的小毛孩子。

现在想来，我青春前期的逆反曾经那般激烈，甚至直到情感已经基本麻木精神已经基本糜烂的今天，对于瞒和骗，对于那种以瞒和骗外加暴力胁迫的方式逼人虚假伪诈的行径，我依然还深恶痛绝，也许，就一脉相承自我曾经"发现"过那个"天大的秘密"。

真白痴还是假傻瓜

"皇帝的新装"形象生动寓意简明，特别通俗易懂，它的故事不用我复述，大家也应该都知道的，一般作为典故被使用时，它承载的大致有两重意思：一是昏庸的权势者自欺欺人，再一个，是以彼此映衬的方式对比孩子的童言无忌与成人的世故圆滑。这两重意思都不深奥，颖悟力尚可的我十岁出头时即能领会，不算什么稀奇之事。当然了，它是我自己从书本的字里行间采撷来的，还是从爸妈平时的聊天中移植来的，这我已经记不清了，我能清楚地知道的只是，从我小时候到现在的几十年里，许多也曾为人耳熟能详的阶段性典故早已过时，成了明日黄花，可"皇帝的新装"，却一直没作为陈词滥调受到淘汰，而是在我们的日常生活里，一直流水不腐户枢不蠹般地充当着流行语关键词，不仅出现频率越来越高，它指向的问题，也越来越荒唐可笑但又让人笑不出来。这让我感到的是无援的悲哀。我说不好，如果没有几个月前，布鲁姆出人意料的慷慨指点，我是否也能舔舐伤口般地，去抚哭我的这份悲伤与哀痛；但现在，有了"短篇长读"与布鲁姆的合力作用，我觉得，我便有了充分的理由，去摩挲、揉弄、抻拉、撕扯这块华丽无比的虚有的织物。

我着手质检"皇帝的新装"，自然要循着世所共识的《皇帝的新装》的两重意思向前摸索。但第二重意思，孩子的童言无忌与成人的世故圆滑，对之我虽然也有话可说，却因其话题的延展性有限，便打算权且按下不表，而是暂时地，只审视拆解第一重意思：那个喜欢华服美裳注重修饰打扮的皇帝，即权势者，真是个昏庸的大傻瓜吗？

对那小说，大家不妨回头细看：在安徒生那种以憨容萌态作为底色的冷眼旁观下，能证明皇帝傻的理由只有一个，那就是，骗子的谎言那般拙劣，他居然会信以为真；可是，如果证明他不是傻瓜，我倒能找到多条理由。比如，作为一国之统帅万民之领袖，他连军权旁落都不介意，可他的皇帝宝座却未被颠覆，他辖地里的生活也能"轻松愉快"，那么，这背后的伏笔所暗示的，难道不也是他的弄权有术驭民得法吗？再比如，作为超级服装控，他并未因为玩衣服这个物而丧失最高首脑之使命这个志，他肯于为那虚有的织物出大价钱，除了有他特殊的爱好，其实也表明，他这个一把手格外重视干部问题，他是希望，那比人事部门组织单位更火眼金睛的织物能发挥神力，替他把"不称职的或者愚蠢得不可救药"的下属筛查出来；还比如，虽然他特别渴望了解织布工程的进展情况，可他还是能考虑到，要避免自己贸然监工出什么闪失，于是便忍住好奇，先后两次，分别指派同以"诚实""称职""理智""不愚蠢"著称的两位官员出任钦差，那种心机，那种节奏，那种耐性，以及后来率众臣视察织布现场时的不动声色，包括最后，他已经完全判断出来，知道国人都认定了他一丝不挂，可他仍然气定神闲，不光要"把这游行大典举行完毕"，还演戏般地"摆出一副更骄傲的神气"，请想想吧，哪个昏庸的傻瓜，能具有如此强大的心理调节能力与情感控制能力……如此说来，我们这位权倾天下的大主角与为所欲为的主人公，究竟真白痴还是假傻瓜，是不是还不好轻易下结论呢？

不过，在一心要做翻案文章的我这里结论倒是非常现成，我愿意宣称，我们这位权倾天下和为所欲为的专制统帅与独裁领袖，其实是个聪明的皇帝，他思维缜密，行为诡诈，排阵布局无懈可击。如果一定要指出他的瑕疵，或许，只能说暴露癖算他的一个毛病。

唔，听我这么说，一定有人以为我又在调侃。不，我是认真的，即使没读过《病夫治国》那一类书，我考虑一个人的心理活动情感取向时，也喜欢以其生理现象肉身状况作为参照。

暴露癖也叫露阴癖或露体癖，是一种性心理障碍方面的疾病，平民百姓可以罹患，帝王君主也没法绝缘。据说，此症的病源之一是缺乏自信，这让我觉得就更靠谱了——越是官大的人，越是专制独裁型的领导干部，越是需要以阴谋诡计上下其手左萦右拂的政体掌控者，他所面对的不确定因素就越多，遭遇危险的几率就越大，于是，比之于常人，他也就越要疑神疑鬼再翻云覆雨、色厉内荏并外强中干。不过，对这类生理心理学与社会心理学的杂烩问题，我不想絮絮叨叨地举例说明，再抽丝剥茧地逻辑论证，对此大家若有兴趣，不妨结合自己的生活经验或书本经验，去化验一下那些大权在握者的盛气凌人、睚眦必报、贪婪无度、恣意妄为……从中你很容易就能发现，导致他们生理异常心理扭曲的那些心狠手辣与缺德无耻，究其实质，更是失去了约束的权力对他们自信心不足的变相补偿的外在表现；而另有些人，也位高权重，却由于身处于制度的约束之中，便必然要或主动或被动或自觉或不自觉地，懂得知雄守雌、知荣守辱、用权有边界、做事讲职分，于是，仅凭得体而又适度的良好心态，就能规避掉许多宿疾暗症，将阳痿早泄暴露癖等毛病阻截在身体的大门之外……

好了打住，关于我们主人公隐私的猜测到此为止，我可不是那种卖大力丸的电视大夫，没必要为这样的事唾沫横飞。现在，我想提醒各位的只有一点，即，我们的主人公假设真患此病，真喜欢向世人展览隐私，那也没什么不正常的，那也没什么难理解的。可能有人不同意我的猜测，理由是：安徒生没明确交待的就不该算数。对这种不同意我没有意见，但那用以支持论点的论据，我则认为站不住脚。若以安徒生有否明确记叙作为依据，那你得先找找，他在哪里写过，他的主人公是白痴傻瓜？对那暴露癖的质疑，唯有一点我愿意认账：一般这种病患展览自己，都在小范围内，针对个别异性搞突然袭击；可我们的皇帝大人，却以游行大典作为由头，在全城的男女老少面前，大摇大摆地一路亮相，这倒的确有点那啥——但我不想把这称之为过分，我只承认这叫独特，叫个性与官位的彼此般配。一个权倾天下的人，一个对所有下属与子民皆可以任意生杀随便予夺的最高首脑，在性表达上凶悍一点、任性一点、重口味一点、大尺度一点、不拘一格一点、无所顾忌一点……不允许吗？

允许，当然允许，包括允许他以黑为白，指鹿为马，自比正义和真理的代表化身——因为谁都知道，对于皇帝的金口玉言，不允许也屁用没有，若皇帝只轻蔑地回不允许者一句"放屁"倒也罢了，若赶上皇帝正不耐烦，干脆把不允许者的脑袋给揪下来，那参政议政的代价就太大了。如此，久而久之，不光在安徒生笔下这个皇帝的势力范围内，在所有其他类型的皇帝们一手遮天的任何地方，也将尽皆如此，即使在最推心置腹的民主生活会上，"和尚打伞"的"无法无天"也会毫无障碍地得到允许，至于那些"诚实""称职""理智""不愚蠢"的官员们，还得在允许皇帝之前，先允许自己成为抛弃原则丧失立场的人,成为弄虚作假阿谀逢迎的人,这样,从志得意满的皇帝那里,他们才能收获到认可与信任、尊严与荣誉、金元宝与乌纱帽……

跟着他来的全体随员也仔细地看了又看,可是他们也没有比别人看到更多的东西。不过,像皇帝一样,他们也说:"哎呀,真是美极了!"他们向皇帝建议,用这新的、美丽的布料做成衣服,穿着这衣服去参加快要举行的游行大典。"这布是华丽的!精致的!无双的!"每个人都先后随声附和着,每个人都有说不出的快乐。

说到这里,或许可以岔开一句,对"皇帝的新装"那肯定符合教科书规范的第二重意思,即,对成人那种世故圆滑的批判的意思,稍微做一下开脱式呼应。的确,与天真未凿或无知无畏的孩子相比,成年人往往更委琐懦弱,甚至污秽卑劣,但是,若一味地因之便对其穷追猛打,又有点像柿子专挑软乎的捏。倒果为因也是避重就轻,也是欺软怕硬。我的意见是,如欲声讨世故圆滑,那首先必须琢磨清楚,人们何以世故圆滑。当然这个很容易明确,是权势者的淫威,吓得人们只能丢掉西瓜光捡芝麻——虽然,那西瓜指向正义、真理以及尊严,而芝麻只是,并且它毕竟也是,一颗不能再生的肉丸子脑袋。于是,远在事态被激化到需要研究脑袋去留的问题之前,高明的权势者就已经学会了,该如何变着花样地通过各种手段,提前把臣僚和子民的世故圆滑驯化出来,使得早已没有了个人意志的他们,能在唯唯诺诺中、在亦步亦趋中、在巧言令色中和信口雌黄中，活得如猪狗般快乐幸福。

我说这些，是为进一步证明，我们的皇帝主人公作为最高统治者，不但不愚蠢还相当高明。

由于我找不到任何更有说服力的理由去判断那两个骗子的背景出处，不能确定他们是皇帝直接领导的人事部门组织单位的秘密雇员，所以，在我重新推演这个故事时，我只能相信，这桩虚有的织物事件纯属偶然。

事情可以是这样的：

我们的主人公，那个一向只喜欢新鲜衣饰而貌似无兴趣于权力的皇帝，经常利用各种机会，去检验属下对自己迷信的程度惧怕的程度。当然了，这种检验不能草率敷衍，也得讲究技巧艺术，比如，有时候苦肉计都得用上。话说这天，繁华的城市里来了俩骗子，胡编的鬼话不值一驳。可皇帝高明呀，他一眼就看出了这件事的可利用价值，便当机立断地使出了装傻扮蠢的苦肉之计，完全迷惑了一众属下，然后，他又因势利导，轻轻松松地，合法化了他的性欲倒错。至于经此一番丢人现眼，他无以挽回地成了笑料话柄，那其实是无所谓的。对权谋之事只要稍有研究，就不难发现，类似于皇帝这样的顶级领导，除了真有许多心智不健全的，即便健全，去装糊涂蛋，也常常是一种策略：在某些时候和某些事上，用昏君之说开脱自己，用失察之辞解释自己，倒更容易让自己有腾挪的空间。道理很简单，一般在皇权社会，在独裁专制的制度之下，由于人们的眼中只有权力，对权力拥有者的信奉与爱戴只是假象，这样，具体的权力掌握者优劣好赖反倒无所谓了；所以，通常的情形是，一个人不论平庸愚蠢到何种程度，只要他的大权没有旁落，只要权力的宝座依然托举着他那贪婪的屁股，那么，他就依然有资格代表和化身正义与真理。

　　回到《皇帝的新装》。请别指责我对这篇小说的解读太异想天开，我认为，我其实特别忠于原著，否则，我是多么希望从安徒生笔下，能看到那个发出"天真的声音"的孩子保住小命呀，能看到他说真话的"罪行"得到赦免。但戛然收尾的安徒生没就此做出任何暗示，那么，依我对皇帝这类领导干部的了解认识，就没法不看到，长于秋后算账的他们，施威的热情远高于施恩，行暴的劲头也远大于行仁。这是因为，此种制度的管理理念与管理模式，要求他们即使是虐杀无辜，也不能良心发现心慈手软，而仍然得穷追猛打狠恶到底，所以，对那个自以为发童言就可以无忌讳的孩子，唯有也上纲上线地严惩不贷，也大动干戈地兴师问罪，才可以确保他们手中的权力，能更加地为孩子的父兄们所顶礼膜拜，并畏之如同洪水猛兽。

叶君健译《皇帝的新装》　人民文学出版社
1978 年 6 月版《安徒生童话和故事选》

应有尽有的现实

余华的《十八岁出门远行》

此前，我们已经倾听了十二种人类语言所讲述的故事，现在，我们将回到我们最熟悉最习惯，或许也最热爱的母语那里，随同汉语小说家余华出门远行，将一次十八岁的青春之游，设定为我们的成人典礼。

从这个"短篇长读"系列讲座开始之初，"话题性"就是我选择讨论对象的关键指标，现在回头看，虽然那些语种相异风格迥然的各色作品分别以不同的话题性为我们的讲座丰富了内容调剂了口味，但九九归一，它们从各自的角度所指向的，又仿佛总是我不厌其烦地碎碎念的，那个与我们的文学教科书大唱反调的"阅读三忌"：一忌提炼中心思想，二忌找寻教育意义，三忌对号真人真事。如是，在座的诸位中，便免不了有"教科书派"感到不满，要半是玩笑半认真地来质问我：难道，读小说时，率性任情地体验那种自悟自感的身心刺激，倒要比精研细究那小说的所言之志与所载之道更重要吗？

不好意思，假设我曾经流露过这样的意思，并且被你们捕捉到了，那你们和我，便也都算适得其所：的确，我很愿意这么认为，尽管，在读小说这件事上，我认同的首先是开卷有益——小说最基本的功效只是消遣，再无聊的小说，即使已经无聊透顶，也照样是无聊的当然敌人，也能程度不同地，襄助我们稀释无聊反抗无聊。但光这么说肯定不够。谁都知道，对人来说，生存中温饱永远第一，饥不择食无可厚非；可是，如果哪位只因为还喘得上来气就自诩幸福，认定天下之事唯衣食与色，那和猪狗也就没了区别。所以，在多数人那里，对于服装之美的刻意雕琢，对于食物色香味以及营养成分的用心揣度，又都出现在温饱之初，甚至，远在温饱以前，人这株"会思想的苇草"（帕斯卡尔语）对于各类生命必须的理解与想象，就已然大于物质而精神化了。故而，我在大肆鼓吹开卷有益的同时，又从不忘记加一条注释，并固执地认定，它或许有点粗暴，但并非画蛇添足：我的所谓"益"，指的是百骸的舒坦与心智的充盈，如若哪个读者想"学以致用"，只视挂靠好处的教化与融会便宜的教条为"益"，那么，也许不开卷倒善莫大焉。

有点扯远了。读小说从来都是一己私事，而处理私事，尽可以本着私心私情的所需所欲，去止于温饱或超越温饱。其实我提及"教科书派"对我的质问，并非为了反攻倒算，而是想引出，你们中的"'阅读三忌'派"，也有人半是玩笑半认真地，从另一个侧面质问过我——哈，我对自己的腹背受敌没有怨言。

就在上一讲，我预告完今天的讨论对象，刚走下讲台，一位"'阅读三忌'派"就过来问我，通过《十八岁出门远行》，我打算把怎样的话题性发掘出来。难道，他说，你是想通过这篇地位牢固的经典之作借题发挥，去隐蔽地修正甚至否定"阅读三忌"吗？如果那样，刁斗老师呀，你开的可就是接受美学的历史倒车啦！

骤然面对一顶这么大的帽子，我还真有点不知所措。我请他详细说说他的想法。他说，多年来，他读过多篇余华小说，对其前期那些故事似是而非，情节模棱两可，主题意旨不确定，人物性格难把握的探索性创作格外喜欢。可是，他又认为，虽然这篇"十八岁"名气很大，也一望而知挺"现代派"，但不知与初出茅庐时的余华"先锋"的技能还欠老到是否有关，反正这个写于一九八零年代中期的小说，除了真人真事无从对号，在中心思想的固化和教育意义的直白方面，似乎都更适合为我"阅读三忌"的前边两项当反面教材。他觉得，"十八岁"其实是把旧酒装在了新瓶子里，是以一种新异的手法，即余华所自称的"虚伪的形式"作为攀爬的阶梯，登临了一个只流通老生常谈的传统高地。为什么我这样说呢？他自问自答时表情复杂。一个年轻人初闯世界的所见所闻，无非两样，要么是老套的人人皆魔鬼，要么是恶俗的处处有亲人。而这篇"十八岁"，显然意在图解老套，于是，那种与之匹配的肤浅虚假的中心思想和教育意义，自然也就不言自明了。但是，你这"短篇长读"的侧重点，又并非炫毒舌揭疮疤，所以，我猜，你选中"十八岁"当靶子不是为了打击它，而是要委婉地借助它的影响与声望，向"教科书派"的压力曲线妥协，顺势弱化甚至取消你一直倡导的"阅读三忌"……此时，"'阅读三忌'派"面部表情的那种复杂，已渐渐落实为愧疚与忧虑这两种基调，就好像，他既要替余华小说客观存在着的某些不足表示歉意，同时又担心，我会误把那不足当成优长，以之作为我否定自己那更具合理性的戒条禁律的牵强理由。

哦，我说这些，挑拨离间似的把"教科书派"与"'阅读三忌'派"的针锋相对公示出来,可不是为了在各位之间制造矛盾,强化你们的分歧对立。说句题外话,这世界上的多数事物,用仁者见仁智者见智加以调和,都说得通,出之于主观感觉的文学艺术尤其如此,比如《红楼梦》,"经学家看见《易》,道学家看见淫,才子看见缠绵,革命家看见排满,流言家看见宫闱秘事"(鲁迅语),就都很正常,都应该允许,都不算毛病都毋须责难。然而,作为一个好恶有标准爱憎喜分明的较真之人,我又没法满足于相对主义功利主义地左右逢源并左右逢迎,而对"存在的就是合理的"那种黑格尔品牌的包治百病的灵丹妙药,我也坚决反对一味做经验主义实用主义的释义读解。我愿意立场确定观点清楚,反对含含糊糊吞吞吐吐,所以,对我深思熟虑过的"阅读三忌",我是绝对不可能修正弱化乃至取消否定的——别说我还没受到任何压力,即便受到了,我也尽可以终止讲座,而不会终止我对艺术伦理与美学原则的思考和信守。

好了,现在,我算是再度明朗了态度,这也等于,是为我们今天的话题把明处的栈道给修好了,不论下一步是否暗度陈仓,我想,我们"出门远行"的资格都更充分了。

这是一次乏味而又窝囊的"远行"。一个人到了十八岁,即使再贪玩再孩子气对"外面的世界"再不解风情,也终究是个成年人了,打起背包离开家宅,去陌生甚至危险的远方走走看看,应该是生命的必然生活的必须。于是,领受爸爸的命令以后,"我"没有半点踌躇犹豫,就"像一匹兴高采烈的马一样欢快地"上路了。虽然面对未知,"我"更是一条随波逐流的浪中游船,迈出去的每一步都不确定,那些本该确定的"熟悉的人",也只能是远远近近的山形云状所生成的"联想",但即使这样,长途奔波,仍然新鲜得让"我"兴奋不已,所以,直到许久之后,当"我"终于诧异地发现,"我在路上遇到不少人,可他们都不知道前面是何处"时,当"我"终于似有所悟地为既搭不到汽车又找不到旅店而感到"奇怪"时,"我"的忧虑与不安,才不由自主地浮出了意识的水面。

　　好在,天黑之前,"我"及时遇到了一辆运输苹果的抛锚货车,并且在它重新上路时,幸运地得到了搭乘许可,尽管,那货车没把"我"捎向更让"我"好奇和期待的远方,而是"朝我来时的方向"折返了回去。这令人扫兴,但毕竟,"我"同样可以早一点离开眼前荒僻的所在,抵达想象中的温馨旅店,无忧无虑地落脚歇息。所以,那扫兴便只能生成出小小的遗憾,而不至于发展为巨大的失望。然而汽车又抛锚了,并且这一次,还遇到了野蛮的路人抢劫苹果,当我见义勇为地上前拦阻时,又被抢劫者打得鼻青脸肿。但这却不是最主要的,因为与那些无视道德法纪的暴民相比,让"我最愤怒的",其实是那个允许"我"搭车同行的车主司机。本来,在旅途中,"我和他已经成为朋友",可这个苹果与汽车的所有者,自己的货物受到了抢劫,自己的财产受到了损坏,自己的朋友为了自己而受到殴打,他却一概不急不恼,无动于衷不说,还幸灾乐祸地,至少是没心没肺地看"我"笑话,甚至最后,他还成了邪恶的帮凶,成了一个助纣为虐的落井下石者:他乘乱抢走了"我"那"有我的衣服和我的钱,还有食品和书"的红色背包,让一无所有的"我"只能"遍体鳞伤"地,和"遍体鳞伤地趴在那里"的被肢解的汽车一道,苦熬荒僻公路上的漫漫长夜。

也许，那位质问我的"'阅读三忌'派"说的没错，这个既人物单色调又情节单线条的"十八岁"，的确是个"人人皆魔鬼"的老套故事，如若一定要望文生义地为它发掘所谓的中心思想教育意义，所得到的，还真就只能是那个近些年来，我们的公检法，我们的工青妇，我们面目雷同声调划一的新旧媒体，我们有办法让所有答案都标准化程式化的教育机构……齐心协力地灌输给所有心智正常的男女老少的安全守则：别和陌生人说话；或者，化用那句炒股术语所传递的儒家箴言国学睿语中"在家日日好出门事事难"之类思想的精髓就是：出门有风险，远行需谨慎。

对于余华的这篇小说，如果我的感悟确乎如此，那么，诸位"教科书派"是应该满意的，虽然，我已宣布过我的站队倾向，可你们仍然可能不计前嫌地把我引为同路人视作兄弟党。

开个玩笑。不玩笑的是，我知道我若这么解读小说，其对象，不论是情节相对繁杂的长篇，还是故事相对简约的短篇，都等于是亵渎文学，亵渎那些严谨的文学写作者，同时也是亵渎你们这种忠实的读者——即使，你们并不以为只满足于接受教化领受教条有多不文学。

三十多年前，我初读同龄人余华的这篇小说，除了为它叫好，除了惊讶羡慕和莫名的振奋，并不能做出什么具体的评价：我判断不出它欲表达什么和表达了什么。但我没觉得需要羞愧。一来是，当时的我已经学会了通过推崇"怎么写"去尊重或者敷衍"写什么"，二来呢，是我对那种以欺骗我毒害我为旨归的"宣传品"初萌的反感，正急需借助一些具体的标靶为由头宣泄出去——显然，作为一篇"青春小说"或"成长小说"或"流浪汉小说"的四不像变体,"十八岁"的"怎么写"独标一格,可它又一丝一毫也没用中心思想和教育意义对我指手画脚耳提面命。这样的结果是,我被它引发的思考虽然很辛苦,但我因之而觉醒的想象也格外肆无忌惮,在那种活跃而又纷繁的意识活动中,我最大的享受是受到了尊重。

> 我在路上遇到不少人,可他们都不知道前面是何处,前面是否有旅店。

这种稀奇古怪的反常事情,能令我在惦念之中又莫名地兴奋。

> 他问:"你上哪?"
> 我说:"随便上哪。"

这种荒谬的糊涂或没来由的潇洒,能让我在错愕之余又有所会心。

> 我问他:"你到什么地方去?"
> 他说:"开过去看吧。"

然后,不久,车又坏了,而且司机说这回修不好了。

> "那怎么办呢?"我问。
> "等着瞧吧。"他漫不经心地说。

退一万步说，如果无事闲逛的"我"尚有资格以"糊涂"或"潇洒"打发此番的寂寂长旅，那作为以长途贩运为生的司机，他可实在没理由"漫不经心"。然而，他不光几乎顺理成章地"漫不经心"了，还更是水到渠成地，对"斯德哥尔摩综合征"做出了宽泛的演绎。显然，这"顺理成章"和"水到渠成"的自然而然，让这个故事与那些"人人皆"的"魔鬼"们，刚打个照面就分道扬镳了。

"'阅读三忌'派"说"十八岁""是把旧酒装在了新瓶子里"，对此我不想提反对意见，因为从"日光之下并无新事"（《圣经》语）的角度讲，世间之"酒"确实都"旧"；但就此便认为它是在注定如何又必然怎样地画圈框定中心思想或教育意义，我又觉得，也未免草率和想当然了。

大概十几年前，那时权力还给文化留一点面子，有一次，我见识了一个高官为礼贤下士而设的酒局。那高官善饮，为了表示与我们这些"无行"的诗人小说家没有芥蒂水乳交融，在那种富丽堂皇金碧辉煌的高档酒店的典雅餐厅里，他以一种土豪特有的豪迈与粗鲁，吆喝彬彬有礼的服务员找来一只屁股大小的白瓷饭盆，将四五瓶啤酒一并注入，然后，就捧着那只浑圆的白屁股，一边咕嘟咕嘟地仰脖子牛饮，一边嘲笑我们捏着玲珑盅端着窈窕杯的轻嘬慢啜。我相信，那时那刻，虽然大家手上的啤酒出身一样成分相同，但由于随体赋形的它们已因为容器的关系而仪态有异，于是，它们的滋味，便再也没法一样和相同了。

呵呵，任何比喻都有懈可击，请别把我的孤证理解为狡辩，我想强调的其实只是，在烧烤摊上研究强强联手与在宴会厅里讨论双边合作，那碰杯的声响与干杯的架势，是完全可以把"新瓶"变成内容的一部分的，而那新的甘洌新的馥郁新的清淡新的辛辣……又完全可以，从"旧酒"之中溢散出来。

可见，在我这里，"新瓶"与"旧酒"作为有机的整体，彼此的关系并不对立。于是，在"十八岁"的旅途上，那个本该约定俗成为一种固化模式而由表象现实支撑的世界，在一目了然中，也就又能神奇地，把一条迷蒙的"歧途"推送出来，将我引入一片由虚拟的和可能的现实所开辟的天地里。

如此一来，事情也就有了意思——"正途"往往呆板陈腐，不够灵动不够好玩，真正连通别有洞天的，必得是"歧途"：这"十八岁"，越是让我不知所云，对我的打动和吸引就越强烈，就越能刺激起我心头种种莫名的骚动；并且，古灵精怪的它，仿佛还能给我暗示，指出余华虽然写出了它，却肯定的，并不比我这个看客更知道它欲表达什么和表达了什么。这后边的猜测，毫无根据，却让我开心得手舞足蹈。当然了，我不是为了手舞足蹈才代疱余华，我把猜测当成事实立此存照，只为说明，不论阅读中的茫然出自哪里，困惑于契诃夫笔下的官员之死也好，疑虑于安徒生笔下的皇帝之裸也罢，我都理解，并且正是出于理解，对于"教科书派"因无以信靠而去归顺教化和依傍教条，我才无论怎样反对，也仍然愿意心平气和地，为之化验病理分析病况：用这样的进餐法去消化开卷之益，别说以小说为食，即使咀嚼的是情感甜点心灵鸡汤，也难免要造成吞咽之疾与肠胃之伤。

年轻的马尔克斯初学写作时，一见到卡夫卡的《变形记》便茅塞顿开，惊呼"原来小说可以这样写呀"。这则流布广泛的大师逸事我以前说过，我没说过的是，其实在我眼里，它一直显得比较矫情。但奇妙的是，在矫情之外，于诚惶诚恐中，它所凸显出来的趣味元素又能让许多中国小说家聪明地发现，坦白自己的出处来源，曝光自己的师承谱系，居然不是丢人的事，反倒有助于生成传奇，这又使它变得格外地入耳中听。于是，许多中国版的马尔克斯式的"原来"句型，便成了大受欢迎的趁手应用。本来，中国小说家一向嘴硬，或者说，不论哪一行当的中国人都有嘴硬的特点，不仅有了毛病不肯承认，连感恩的话也说不出口，仿佛被人知道了自己曾学习榜样效法先进是一种耻辱，结果，在所有方面都鲜有原创的我们，只能锤炼嘴巴上的原创功夫，以便为我们那些思想上方法上器物上的山寨产品，演绎出来独绝的特色。当然文学中人，多半要脸，像有个擅写青春读本的流行写手抄袭事败后，却仍然咬紧后槽牙死不认错，那种情形毕竟不多。因而，我视野里的多数作家，学舌马尔克斯时便没有障碍，连那些只认为古代中国的章回体最"源于生活高于生活"的，只相信苏联那种社会主义现实主义最为典型最为真实的，只承认通过按图索骥去定向制作革命现实主义与革命浪漫主义相结合的"中国故事"才"主旋律""正能量"的……也都勇于羞答答或者气哼哼地，听凭昆德拉铁口直断："小说是欧洲的艺术"，然后，再为中国小说家因喝到了西方影响配制的狼奶才得以茁壮成长这一事实而欣欣然或者悻悻然——

哦，斜刺里，我插这么一杠子做如上陈述，只是为了，把如下的结论勾引出来：打从马尔克斯开始，所有被"原来"点化的人，感慨的都是技术问题形式问题，但我以为，至少在潜意识里，更强烈地启发了他们影响到他们的，是认知问题观念问题。不言而喻，经过"原来"洗礼的认知与观念，所趋近的目标定然是自由，而自由的写作，首当其冲的，就是取消中心思想拒绝教育意义。刚好，余华就是通过"原来"句型，在认知方面观念方面，对吸纳与承袭有感而发过的中国作家中有代表性的一位——顺便说明一下，在马尔克斯那里，"被'原来'"者是卡夫卡，但在广大的中国作家中，"被'原来'"的对象数不胜数，除了可以是卡夫卡或马尔克斯，也还可以是博尔赫斯或川端康成，是蒙田、但丁、歌德以及写作了《圣经》的宗教先知……

显然，那时候我还没有达到可以被加西亚·马尔克斯的作品震撼的那种程度。你要被他震撼，首先你必须具备一定的反应，我当时好像还不具备这样的反应。只是觉得这位作家奇妙无比，而且也确实喜欢他。

其实拉美文学里第一个将我震撼的作家是胡安·鲁尔福。我记得最早读他的作品是他的《佩德罗·巴拉莫》，那是在海盐，虹桥新村二十六号楼上三室……那是一个寒冷的冬天，我当时已经写作了，还没有发表作品，正在饱尝退稿的悲哀，我读到了胡安·鲁尔福，我在那个伤心的夜晚失眠了。然后我又读到了他的短篇小说集《平原上的火焰》。我至今记得他写到一群被打败的土匪跑到了一个山坡上，天色快要黑了，土匪的头子伸出手去清点那些残兵们，鲁尔福使用了这样的比喻，说他像是在清点口袋里的钱币。

当然了，我也很清楚，嘴上说的与手上做的，常常相差千里万里，对吸纳与承袭体认再深，写出小说来也未必就好，有不少作家，在理论上把玩"原来"句型时特别圆熟，可实践上，却总弄巧成拙脱节错位，言不由衷得让人脸红。但余华却能表里如一，至少在表里如一的那个时段，他顽强地做到了无愧于"原来"句型的谦逊与磅礴。不过请别误会，我赞赏余华不为贬抑别人，因为我说的"表里如一"，基本不涉及品行问题，它表征的，主要是由天赋甚至运气所哺育的，思想的能力与创造的才华。试问，有哪个真正的球迷看足球时，会批评梅西个子矮小，或罗纳尔迪尼奥过长的门齿龇出了嘴唇？还有就是，一个作家的好哪怕只昙花一现，也不会影响我的欣赏，因为评价一个作家水平咋样，渴望他一以贯之是一回事，尊重他自觉的或者不自觉的调整变化更为重要。所以，享受一个作家的时候，我主要看他的高点企及了哪里，而不是看他的大路货多么平庸，或最低之点多么不堪。

当年，余华的《十八岁出门远行》一横空出世，与它身前身后许多横空出世的实验性作品一样，在我这里就石破天惊了——那几年，真是满地丰硕漫天璀璨呀，虽然学习的步子也时时受阻，效法的身影也常常变形，但毕竟，间或的石破天惊仍能沸腾人热血振奋人精神，一篇篇样式新颖思想锋锐的长短小说，既不羞于青涩，又不介意稚嫩，争相迫切而又庄严地出笼，宣示着一九八零年代中国文学脱胎换骨的决心与洗心革面的努力。

然后，时间，就冷静冷漠冷飕飕地，一路趔趄着冷酷到了今天，那段属于我的，也属于许多人的，被"原来"句型训练过能力打磨过才华的石破天惊时光，终于只能日暮途穷般地，落魄成记忆中一声遥远的回响，去偶尔地间或地，为热血那青涩的沸腾与精神那稚嫩的振奋，倒叙或插叙出一个感伤的理由。这种遗憾让人无语。但幸运的是，这其间，也还有一些殊为奇幻的音响能唤起我种种莫名的惊喜，比如，回望过去时，我发现当年那些石破天惊的隆隆之声，包括余华的好几篇小说所制造的动静，如今回响出来的那种青涩与稚嫩，都有点刺耳，难免让人像悔其少作似的，不大忍心复盘重听；可"十八岁"，这篇当初在石破天惊的队列里偏于青涩与稚嫩的补白之作，这篇带给人的沸腾与振奋比较有限的陪绑之作，在我眼里，却日益宽广和深厚起来，它的成熟度与可玩味性，放到三十多年后的今天品鉴咂摸，尤其令我叹为观止。

作为典型的现代主义小说，三十年来，浑身上下都耐人寻味的"十八岁"，曾为许多赏析文章提供过谈资，所以，此时，我认为，不论我从它身上挑三拣四出怎样的话题，听上去都容易味同嚼蜡。那就允许我讨个巧吧，请允许我用一段余华评价布尔加科夫长篇《大师与玛格丽特》时说过的话，来回赠他那梦幻般奇异的精妙短篇：

> 他做出的选择是一个优秀作家应有的选择，最后他与现实建立了幽默的关系……他要讲述的不是一个斤斤计较的故事。他要告诉我们的不是个人的恩怨，而是真正意义上的现实，这样的现实不是人们所认为的实在的现实，而是事实、想象、荒诞的现实，是过去、现在、将来的现实，是应有尽有的现实。

好了,有了余华的夫子自道打底,我对他小说感触最深的那两个点,那两个分别关乎文本之内的人物和文本之外的文学之"归宿"的点,就可以不必做什么复杂铺垫地,交给各位琢磨打量了:

在文本之内,"无限悲伤"的"我"在月黑风高的恐惧之中已经走投无路,却何以还能从"浑身冰冷"的没有生命的已零碎成废铜烂铁的驾驶室里感到"暖和",甚至觉得,那机器就是"一直在寻找旅店"的"我"所需要的"心窝"?在文本之外,结合这篇小说中"我"那种灰头土脸的行之不远和原路折返,我联想到的,是我们所迈动的那些轻快到近于轻浮和轻佻的文学脚步,只一夜工夫,就把西方文学超过百年的探索之路给践踏了一遍,然后,仅仅再用一夜的工夫,又将我们曾经热情追捧并受益良多的"新潮""先锋""现代"……的观念与方法,与时俱进地,转化成为奚落讥讽戏弄的对象,如此一来,不能不让我悚然想到,难道,这篇貌似木讷的"十八岁",居然提前三十多年,就通过匪夷所思的巫言谶语未卜先知了当代中国文学"出门"的轨迹与"远行"的结局?

是的,替余华酿制巫言谶语的,除了他思想的能力与创造的才华,更有为他的能力和才华站脚助威的事物规律与人伦常识,因而,如果把"十八岁"仅仅理解为关于悲壮而又滑稽的当代中国文学之精神劫数的隐喻与象征,那很可能,又是低估了它的意义与价值——不好意思,那也等于是低估了,我们这个"短篇长读"系列讲座虽然渺小,却同样饱含了对"健全"与"暖和"的诚挚追求的意义与价值。

在一册文摘类杂志上,我读到过一则这样的故事,现在说给大家，以作为我们全部讲座的最后结语：一九六零年代，有个信奉和平主义的美国牧师，坚决反对政府发兵亚洲参与越战，便持之以恒地去白宫门前示威抗议。有的时候他有同道，他可以与浩大的声势携手并肩；但更多的时候，其他反战者已经厌倦了无果的表白徒劳的发声，不再有热情与他结伴为伍，他就只能作为一枚击石的卵而伶仃孑立。有人劝他不要再坚持了：

没有用的，人们说，你太弱小，你根本不可能改变他们。
是的，我知道我不可能改变他们，那牧师柔和却也坚定地回答，但我仍然要这样做，是为了，别让他们把我改变。

《十八岁出门远行》 中国社会科学出版社
1995年3月版《余华作品集》（第一册）

图书在版编目（CIP）数据

慢读与快感：短篇小说十三讲/刁斗著.-上海：上海文艺出版社.2020（2020.12重印）
ISBN 978-7-5321-7611-3
Ⅰ.①慢… Ⅱ.①刁… Ⅲ.①短篇小说－文学欣赏－世界
Ⅳ.①I106.4
中国版本图书馆CIP数据核字（2020）第060700号

发 行 人：毕　胜
责任编辑：肖海鸥
封面设计：尚艳平
内文制作：常　亭

书　　名：慢读与快感：短篇小说十三讲
作　　者：刁　斗
出　　版：上海世纪出版集团　上海文艺出版社
地　　址：上海绍兴路7号　200020
发　　行：上海文艺出版社发行中心
　　　　　上海市绍兴路50号　200020　www.ewen.co
印　　刷：上海天地海设计印刷有限公司
开　　本：889×1194　1/32
印　　张：6.75
插　　页：2
字　　数：145,000
印　　次：2020年6月第1版　2020年12月第2次印刷
ＩＳＢＮ：978-7-5321-7611-3/I·6056
定　　价：45.00元
告 读 者：如发现本书有质量问题请与印刷厂质量科联系　T:13817973165